LYKKA ROMANCE

KATLYN S. COEN

VERLOREN:

SCHNEEWITTCHEN UND DAS MC BIEST

EINE DUNKLE MÄRCHEN-NACHERZÄHLUNG IN EINER WELT AUS CHROM UND CHAOS

MC SONS OF RAGNARÖK
BAND1

PLAYLIST

TRA 400
27A
27A
27
27
AMAZON
MUSIC

TRA 400
27A
27A
27
27
SPOTIFY

IMPRESSUM

tredition

1. Auflage 2026

© 2026 Katlyn S. Coen
Website: katlyn-s-coen.de
Covergrafik von: Katharina Münz

Verlagslabel: Lykka Romance
Druck und Distribution im Auftrag des Autors:
tredition GmbH, Heinz-Beusen-Stieg 5, 22926 Ahrensburg,
Deutschland

Kontaktadresse nach EU-Produktsicherheitsverordnung:
katharina.munz@katlyn-s-coen.de

WIDMUNG

Für die Frauen, die Buchcover nähen,
um zu verstecken, was sie wirklich lesen wollen.
Für die Frauen, die auf ihren Handys lesen.
Mit Sichtschutzfolien.
Für die Frauen, die still werden,
wenn auf Partys
über die neuesten Bücher gesprochen wird.

Diese Geschichte ist für euch. Vertraut eurem Instinkt.
Liebe ist kein Kitsch.
Begehren ist nicht schmutzig.
Romance heilt.
Gerade in Zeiten wie diesen.

Und Dark Romance?
Wo Stärke aus den tiefsten Wunden wächst,
befreit Liebe dich –
auch wenn sie kompliziert ist, chaotisch und gefährlich.

Kapitel 1: Scared to Be Lonely
(Martin Garrix & Dua Lipa)

Der kaltweiße Finger eines Halogenscheinwerfers zerschneidet die Schwärze, die in der früh hereingebrochenen Herbstnacht über dem menschenleeren Supermarktparkplatz hängt.

Ich versteife mich, spüre, wie meine Nackenhaare sich sträuben.

Das spärliche Funzeln der dürftig verteilten Straßenlaternen war schon unheimlich genug, doch im Kontrast zum grell leuchtenden Lichtkegel des Motorrads verlischt es jetzt geradezu.

Genau in dem Moment, als mir schmerzhaft bewusstwird, dass der Fahrer keine beliebigen Runden auf dem Parkplatz dreht, sondern etwas sucht, geht auch noch die Neonbeleuchtung des Schriftzugs an der Front des kleinen Einkaufsladens aus.

»Bitte, Finn!«, flehe ich meinen Sohn an, während ich versuche, ihn aus dem Sitz meines Einkaufswagens zu heben. »Finn! Bitte!«

Aber dem knapp Zweijährigen ist das herannahende Motorrad egal.

Mich hingegen versetzt das dumpfe Blubbern ebenso in Alarmbereitschaft wie die Frage, was den Fahrer der Maschine nach Ladenschluss auf die verlassene Fläche lockt, auf der nur noch mein Auto steht.

Was, wenn nicht der Anblick einer alleinstehenden Vierundzwanzigjährigen, die bereit ist, alles für ihr Kind zu tun?

Finn kann offenbar weder das bedrohliche Dröhnen des Triebwerks beeindrucken noch der Umstand, dass die weitab vom Ort gelegene Fläche jetzt in tiefste Finsternis getaucht ist.

Ich ergehe mich in Schuldzuweisungen. Wieso bin ich nicht früher zum Einkaufen gefahren? Warum bin ich überhaupt in diese verschlafene Kleinstadt rausgezogen? Mein Puls überholt sich selbst in meinen Adern, und ich würge den bitteren Geschmack der Furcht hinab.

›Flucht!‹, schreit jede einzelne Faser in meinem Körper, aber ich zwinge meinen Blick weg von der Sicherheit verheißenden Beifahrertür meines Seat Arosa.

Schließlich kann ich mein Kind nicht schutzlos der Gefahr überlassen. »Hör doch bitte, Finnipoo!«, zwitschere ich den peinlichsten Blödsinn. »Komm auf Mamas Arm, mein Schatz!«

Natürlich verstärkt Finn seinen Schraubzwingengriff um den Schiebeholm des Einkaufswagens nur noch mehr und macht sich schwer wie ein Sack Zement.

»Wir müssen weg hier!«, versuche ich ihm zu erklären. »Und zwar ganz schnell!« Um nicht wie das sprichwörtliche Karnickel auf die motorisierte Schlange zu starren, deren Scheinwerferlicht mich in immer enger werdenden, konzentrischen Kreisen umrundet, lege ich den Kopf in den Nacken.

Aber von dort oben ist keine Unterstützung zu erwarten. Stattdessen erstickt die an Schlacke erinnernde Schwärze des Himmels neben dem Glitzern der vereinzelten Sterne auch meine vage Hoffnung auf ein Entkommen.

»Wo ist mein allerbravster Finnian?«, schmeichele ich. »Wollen wir Autofahren? Brumm-brumm?«

Finn versteift sich im Einkaufswagensitz, als ich ihn abermals anhebe. In bester Trotzphasen-Manier klammert er sich am Schiebeholm fest. »Nein!«

»Finn!« Ich verstärke meine Anstrengungen, meinen Sohn aus dem Sitz zu heben, während ich meine gleichzeitig aufsteigende Panik niederknüppele.

Bedrohlich verstärkt sich das dumpfe Blubbern des Motors, bringt meinen Brustkorb umso stärker zum Vibrieren, je näher uns die riesige Maschine kommt.

»Bitte, Finnian! Bitte!« Mein Herzschlag dröhnt in meinen Ohren, lauter noch als der wummernde Verbrenner des Zweirads.

Jetzt rangiert der Fahrer sein Motorrad mit so wenig Abstand hinter mein Auto, dass mir der einzige Fluchtweg versperrt ist – falls ich es jemals mit meinem Sohn in den Wagen schaffen würde!

Mir schnürt es den Hals ab. »Könntest du bitte …«, verlege ich mich aufs Betteln. »…, so lieb sein und loslassen?« Ich zerre und ziehe an meinem Sohn herum, der sich stocksteif macht. »Bitte, Finnipoo! Bitte, bitte, bitte!«

Das Dröhnen des Triebwerks verstummt. Gespenstische Stille senkt sich über den verlassenen Supermarktparkplatz.

Als ich aus dem Augenwinkel zum Motorrad hinüber spähe, bleibt mir fast das Herz stehen.

In einer gleitenden Bewegung steigt der Fahrer ab. Seine Silhouette zeichnet sich schwarz und bedrohlich vor dem Zwielicht der Parkplatzbeleuchtung ab: riesig, breit gebaut und – ist das ein Wehrmacht-Helm auf seinem Kopf?

Anstatt meinen Sohn aus dem Einkaufswagen zu reißen – Wobei: Wie auch? Finns kleine Hände haben sich nach wie vor am Griffholm des Einkaufswagens festgesaugt! – friere ich ein. Unfähig, auch nur das letzte Glied meines kleinen Fingers zu bewegen, starre ich den Typen an.

Er nähert sich mit ausgreifenden Schritten, und endlich regen sich meine angstgelähmten Glieder: Sein

Vorwärtsstürmen spiegelnd weiche ich vor ihm zurück, zerre den Wagen mit meinem Kind darin am Schiebeholm mit mir.

Weg, nur weg von ihm! Rückwärts strauchelnd kann ich meine Augen keine Millisekunde von ihm abwenden und registriere seltsam nüchtern, dass er eine ärmellose Lederweste mit Aufnähern trägt, darunter ein kariertes Holzfällerhemd und an den Beinen verwaschene Jeans.

Und Cowboystiefel, neben denen meine Chucks in Größe vierzig winzig aussehen.

Moo-ment! Was heißt ›neben denen meine Chucks winzig aussehen‹? Ich hebe den Blick und kollidiere mit einer ausladenden Brust, die mit keiner Armlänge Abstand vor mir aufragt. Unwillkürlich mache ich einen weiteren Schritt zurück und knalle mit der Ferse gegen den Randstein, der den Grünstreifen zwischen den Parkplatzreihen einfasst. Ich blinzele die Tränen weg, die mir in die Augen schießen, lege den Kopf in den Nacken und starre todesmutig hoch in ein Gesicht, das von einem leuchtend roten Bart zugewuchert ist.

Ist es das? Mein Ende? In meinem vor Angst wahnsinnig gewordenen Hirn überschlagen sich Erinnerungsfetzen aus uralten Horrorromanen, mit denen ich mich in Mechthilds kombinierten Lese- und Gästezimmer aus der Realität geflüchtet habe. War es reine Fiktion oder gibt es einen wissenschaftlichen Hintergrund für den wiederholt eingesetzten Plot-Spin, wonach das Letzte, was ein Mordopfer sieht, sich unauslöschlich in seine Netzhaut einbrennt?

Todesmutig, obwohl dem sicheren Tod geweiht, präge ich mir jeden Quadratmillimeter des Antlitzes unter dem schaurigen Wehrmacht-Helm ein – zumindest so viel davon, wie der leuchtend rote Vollbart offenbart:

Augenbrauen wie mit dem Lineal gezogen und in etwas dunklerer Färbung, die Nase breit und kurz und die Augen …

Bevor ich sie im Halbdunkel richtig wahrnehmen kann, grunzt der Typ etwas Unverständliches, schiebt mich kurzerhand beiseite –

– und greift mit seinen riesigen Pranken nach meinem Kind!

Finn! Ich will schreien, mich auf den Fremden stürzen. Aber weder kommt ein Ton über meine Lippen, noch kann ich auch nur ein Fingerglied rühren.

Mein Sohn, der zuvor steif wie ein Brett im Sitz des Einkaufswagens klemmte, wird in den Händen des Riesen weich. Widerstandslos lässt er sich hochnehmen, und als der Typ, mein Baby auf seinem Arm sich von mir abwendet, komme ich nicht umhin, die riesengroße Stickerei auf dem Rücken der Lederweste wahrzunehmen.

SONS OF RAGNARÖK lese ich in altmodischer Frakturschrift von einem Banner ab, das über zwei einander umflatternden Rabenvögeln schwebt.

Daneben prangen die Buchstaben M und C und darunter das Wort GERMANY.

Sons of Ragnarök MC? Ich schlage mir die Hand vor den Mund, um mein angsterfülltes Keuchen zu unterdrücken. MC steht doch für Motorradclub, oder? Aber um welche Art von Bikervereinigung handelt es sich?

Dieser riesige Typ, der gerade Finn in mein Auto gewuchtet hat und ihn jetzt mit einer Seelenruhe in seinem Kindersitz anschnallt, als hätte er noch nie etwas anderes getan … Er sieht irgendwie nicht nach Sparkassenangestellter, Finanzbeamter oder Lehrer aus, der einer schrulligen, wenngleich harmlosen Freizeitgestaltung frönt. Sondern absolut furchteinflößend.

Also spricht alles dafür, dass diese *Sons of Ragnarök* sowas sind wie die *Hell's Angels* oder die *Bandidos*: ebenfalls ein krimineller, für Brutalität berüchtigter Motorradclub. Oder?

Mir wird der Mund trocken, als der *Son of Ragnarök* sich nun mir zuwendet. Kann er … bitte gehen? Nervös lecke ich mir über die Lippen, spüre, wie mein Mundwinkel zuckt, und unterdrücke den Drang, mir den aus den Handflächen sprudelnden Angstschweiß an meinen stretchy Yoga-Pants abzuwischen.

Abermals grummelt er etwas Unverständliches in seinen Bart und schnappt sich meine Handtasche aus dem Einkaufswagen.

Adieu, letzter Rest meiner kargen Barschaft! Während ich mich noch wundere, weshalb er sich mit dem Anschnallen von Finn aufgehalten hat, bevor er zum Diebstahl schritt, knallt er mir die Tasche mit einem verärgerten Grunzen vor die Brust.

Dann zieht er den Einkaufswagen zum Heck meines Autos hinüber.

Konsterniert muss ich beobachten, wie er die Heckklappe öffnet und meine Einkäufe in den Kofferraum stapelt, als wäre es das Alltäglichste.

Als er fertig ist, sieht er mich mit einem übertriebenen Seufzen an, schüttelt den Kopf und knallt die Kofferraumklappe so heftig zu, dass der Außenspiegel, den ich mit Klebeband repariert hatte, den Abgang macht.

Ich starre immer noch auf das an den Duct-Tape-Streifen baumelnde Gehäuse, als mich ein Schlag auf den Po trifft. Alarmiert drehe ich mich auf dem Absatz um. Ist er noch immer nicht weg?

»Bring den Wagen weg, Schneewittchen«, weist er mich mit ebenso rauer wie tiefer Stimme an, die nach viel Schnaps und noch mehr Zigaretten klingt. »Ich pass’ derweil auf deine Zwergenprinzessin auf.«

Meine Zwergenprinzessin? Mir liegt schon eine Berichtigung auf der Zunge, als mir einfällt, dass es besser ist, je weniger dieser Kriminelle über uns weiß. Schlagartig empfinde ich grenzenlose Dankbarkeit für den Zufall, dass ich Finn heute früh das rosafarbene Rapunzel-Sweatshirt angezogen habe, das ich im Second-Hand-Laden nur deshalb mitgenommen hatte, um den günstigeren Kilopreis zu erhalten.

»Hee, Süße! Du musst deine Schneewittchen-Masche nicht übertreiben.« Der Biker presst ein dreckiges Lachen heraus. »Ich seh hier nirgends einen gläsernen Sarg. Oder brauchst du einen Kuss, um aus deiner Erstarrung aufzuwachen?« Feixend zieht er die Augenbrauen hoch.

Einen Kuss? Von ihm? »N-nein!«, bringe ich stockend hervor, krame den Autoschlüssel aus der Jackentasche und betätige die Funkfernbedienung. Damit ist wenigstens Finn aus der Reichweite des Typen! Dann schnappe ich mir den Wagen und schubse ihn quer über den Parkplatz zum Unterstand neben dem Supermarkteingang. Während ich zurück jogge, kreisen meine Gedanken um die Frage, warum ein Krimineller Wert darauf legt, dass ich die Pfandmünze auslöse.

»Da bist du ja«, begrüßt er mich, als wäre ich Stunden und nicht nur zwei Minuten weg gewesen. »Bekommst du den Rest alleine hin? Ja?«

Ich nicke heftiger, als vielleicht nötig wäre. »Ja. Ja! Und … vielen Dank!«

»Schon gut.« Er hebt die Hand, streicht sich den Bart glatt, und mein Blick fällt auf fette Silberringe und eine Tätowierung auf dem Handrücken. »Versprich mir nur, dass du's keinem erzählst, Schneewittchen.« Abermals lacht er. »Wenn du ein braves Mädchen bist, verzichte ich drauf, mir meinen Kuss zu holen.«

Ein kalter Schauder rinnt mir über den Rücken bei dem Gedanken daran, dass er versuchen könnte, mich zu küssen. Die Hand aufs Herz gelegt schlucke ich schwer. »Ich schwöre, ich werde nichts verraten.«

Er sieht mich an, viel zu lang und zu intensiv für meinen Geschmack. »So ist's brav. Gute Nacht, Schneewittchen.«

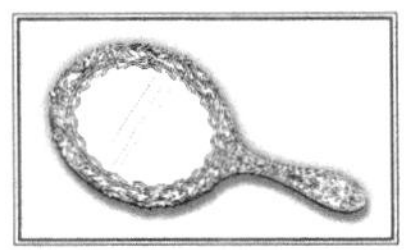

Kapitel 2: Alone
(Alan Walker)

Zwanzig Minuten später lege ich den im Schlaf leise grunzenden Finn behutsam in sein Kinderbett und stopfe mit immer noch zitternden Händen die Decke um ihn fest.

Als wäre nichts Außergewöhnliches geschehen, war mein Sohn im Auto eingenickt, kaum dass die Reifen von jenem unheimlichen Supermarktparkplatz heruntergerollt waren.

Seufzend streiche ich ihm übers Haar und laufe möglichst geräuschlos zur Hintertür, um die Einkäufe reinzuholen.

Ans Auto gelehnt, atme ich drei-, viermal tief durch und versuche die Schwärze der Dämonen zu vertreiben, die von der Begegnung mit dem Biker aufgeweckt wurden. Reiß dich zusammen, Annika! Jetzt bloß keine Panikattacke! Einatmen und ausatmen. Puh, puh, puh, raus mit der Luft, nur nicht hyperventilieren! Einatmen und ausatmen. Ein und aus. Ein und aus.

Mein Körper reagiert auf die antrainierten Rituale, aber das Gedankenkarussell in meinem Kopf dreht sich schneller und schneller.

Die Ereignisse der letzten zweieinhalb Jahre spulen sich wie in einem verwackelten Handyvideo vor meinem inneren Auge ab: unsere intensive Freude über meinen positiven Schwangerschaftstest kurz nach meinem einundzwanzigsten Geburtstag. Nicos Pläne für eine rauschende Hochzeitsfeier in seinem Club, die sich schlagartig in nichts auflösten, als der erneute Lockdown dem *Requiem* die Existenzgrundlage nahm. Seine mit jeder in den Briefkasten flatternden Mahnung steigende Verzweiflung, die bedrückende Zwangslage, erst das Personal, dann die Räumlichkeiten des Clubs zu kündigen. Das langsame Erlöschen des Lebenswillens in Nicos Augen, als der Gerichtsvollzieher Stück um Stück von Nicos DJ-Equipment davonschleppte, auf das er seit seinen Teenie-Tagen gespart hatte.

Die Tränen in den Augen meiner Chefin, als sie mir und meinen Kolleginnen im Kosmetikstudio kündigte, weil die von der Regierung versprochenen Ausgleichszahlungen auf sich warten ließen. Meine Panik, erwischt zu werden, jedes Mal, wenn ich zu irgendwelchen Leuten fuhr, deren Kontakte ich aus geheimen Telegram-Gruppen hatte, wo sie jemanden suchten, der bei ihnen zu Hause Kosmetik-Dienstleistungen erbrachte: die Hautprobleme ihrer Teenager behandeln, ihre Augenbrauen färben, die Beine enthaaren oder die Wimpern verlängern.

Schließlich der höhnische Dreiklang der Türglocke, den ich nie vergessen werde. Die zwei Polizisten vor der Tür, die mir nicht in die Augen sehen konnten. »Dürfen wir reinkommen, Frau Seybold?« Sie hatten nicht mehr sagen müssen, ich hatte es sofort gewusst: Nico hatte Suizid begangen.

Die entwürdigenden Verhandlungen mit dem Sozialamt um die Übernahme der Bestattungskosten. Da wir weder verheiratet noch verlobt waren, hatte ich kein Mitspracherecht. Und da Nico ebenso wie ich ein Heimkind gewesen war, gab es auch keine anderen Angehörigen. Das bodenlose Loch, in das ich nach der anonymen Urnenbestattung fiel. Fiel, fiel und fiel – bis ein gut platzierter Fußtritt von Finn mir den Atem raubte und mich daran erinnerte, dass es einen Grund zum Weiterleben gab.

Essen, trinken, schlafen. Essen, trinken, schlafen. Und von vorn. Nur unterbrochen von den seltenen Momenten, wenn ich mich aufraffte, um meine Dienste als Kosmetikerin illegal anzubieten, damit ich mir einen Vorrat an Nahrungsmitteln besorgen konnte.

Dann die Räumung meiner Wohnung wegen Mietschulden. Wasser, Strom und Heizung hatte ich natürlich auch nicht bezahlt.

Das einzige, was mir blieb, war ein halbes Dutzend Kartons mit Klamotten, Krempel sowie Arbeitsmaterial – und jener Seat Arosa, auf dessen Motorhaube ich mich gerade stütze, um nicht verzweifelt zusammenzubrechen.

Mein Biwak in meinem Auto, das ich in einer wenig frequentierten Seitenstraße der Stadt geparkt hatte. Keine Ahnung, wie lange ich angesichts der rapide fallenden Temperaturen im viel zu dünnen Mumienschlafsack auf der Rücksitzbank überlebt hätte. Wenn nicht eines Abends Mechthild – deren Namen ich damals noch gar nicht kannte – mit den Fingerknöcheln ans Seitenfenster geklopft hätte.

»So geht das nicht weiter, junge Frau!«, schalt sie mich mit erhobenem Zeigefinger, nachdem ich das Fenster runtergekurbelt hatte. »Sie steigen jetzt auf der Stelle aus!«

»Aber … ich … störe Sie doch gar nicht!« Nur mit heftigem Zwinkern konnte ich die Tränen zurückhalten. »Oder so gut wie gar nicht«, räumte ich ein, als sie mir einen strengen Blick schenkte. »Bitte: Sehen Sie darüber hinweg, dass ich kampiere. Ich verspreche Ihnen auch, dass ich künftig den Motor nicht mehr laufen lasse.« Es war eh kaum noch Sprit im Tank. Von daher …

»Damit Sie mir hier vor der Haustür erfrieren?« Mechthild, der ich so eine Geste gar nicht zugetraut hätte, tippte sich mit dem Finger an die Stirn. »Sind Sie komplett bescheuert?«

»Nein!«, rief ich und seufzte. »Nur verzweifelt«, fügte ich so leise flüsternd hinzu, dass ich hoffen konnte, eine ältliche Dame wie sie würde es nicht hören. »Wo soll ich denn hin?«

»Natürlich zu mir!« Mechthild verdrehte die Augen. »Wohin sonst? Oben in meiner Wohnung zieht eine Kanne Tee, auf dem Herd simmert mein legendärer Rouladen-Eintopf und die Schlafcouch in meinem Lesezimmer ist frisch bezogen.« Sie schnippte die Schneeflocken weg, die sich auf den Ärmel ihres Wintermantels niedergelassen hatten. »Also?« Sie klatschte in die Hände. »Worauf warten Sie?«

So kam es, dass ich bei Mechthild einzog, die den Verlust ihres Ehemannes ein paar Jahre zuvor durch einen umso größeren Bekanntenkreis kompensierte – der Dank ihrer Empfehlung noch vor Finns Geburt zu meiner Stammkundschaft wurde.

Mechthild. Über die Monate, die ich bei ihr lebte, konvertierte sie zu der Mutterfigur, die ich nie gehabt hatte. Zu Finns liebevoller ›Oma‹. Mechthild.

Ich seufze, denn jetzt vermisse ich die unternehmungslustige Endsechzigerin so sehr, dass es schmerzt.

Zudem meldet sich die kritische Stimme in meinem Hinterkopf zu Wort, die ich während der Action in den letzten Monaten allzu erfolgreich verdrängt hatte: Warum, in drei Teufels Namen, habe ich Mechthilds Angebot ausgeschlagen, gemeinsam mit ihr auf die Farm ihrer Cousine in Namibia überzusiedeln, nachdem meiner mütterlichen Freundin wegen Eigenbedarf gekündigt worden war?

»Was hält dich noch hier, Annika?«, fragte sie. »Weder dein Nico im anonymen Gräberfeld noch mein Horst im Friedwald werden uns vermissen.«

»Aber …« Abwesend strich ich Finn über den Kopf. »Ich weiß nicht …«

»Dein kleiner Rotschopf wird überall Fuß fassen.« Mechthild lachte, klatschte in die Hände, sodass Finn zu ihr rüber krabbelte und sich von ihr auf den Schoß ziehen ließ. »Selbst wenn seine Mama noch so skeptisch dreinschaut: Er wickelt jeden um seinen kleinen Finger!«

»Schon klar«, gab ich zu. »Dennoch fühlt es sich nicht richtig an. Wie lange liege ich dir jetzt schon auf der Tasche? Und jetzt soll ich mich in einem fremden Land von fremden Leuten aushalten lassen?«

»Aushalten lassen.« Mechthild rollte die Augen, doch bevor sie für einen ihrer ellenlangen Vorträge Luft holen konnte, hob ich die Hand.

»Nein, bitte lass mich zu Wort kommen.« Ich räusperte mich, um den Frosch im Hals loszuwerden, denn dieses Thema hatten wir in den gut zwei Jahren unseres ungewöhnlichen Zusammenlebens tunlichst vermieden. »Wir beide wissen ganz genau, dass ich nur deshalb meine Schulden ablösen konnte, weil du sogar die Herren von deinem Schachklub zu Beauty-Behandlungen bei mir überredet hast und du darüber hinaus jeden einzelnen Schein, jede Münze, die ich dir für Kost und Logis übergab, umgehend zurück in meine Handtasche geschmuggelt hast.«

»Das …«, setzte sie an, aber ich schüttelte den Kopf.

»Mechthild. Bitte.« Jetzt war ich es, die mit den Augen rollte. »Du bist die beste Freundin, die ich je hatte. Mach das nicht kaputt, indem du auf einer Lüge beharrst.«

»Also gut«, gab sie zu und zog ein Gesicht, als ob sie in eine unreife Grapefruit gebissen hätte. »Du hast recht. Aber weshalb stört es dich plötzlich, wenn ich – oder Elke und Kenneth – das weiter tun wollen?«

»Davon abgesehen, dass ich deine Großzügigkeit schon viel zu lange ausgenutzt habe, …« Ich blies mir eine Haarsträhne aus der Stirn. »… kenne ich weder deine Cousine noch ihren Mann!«

»Ja, und? Dann lernst du sie eben kennen!« Mechthild grinste. »Die Fotos, die ich ihnen schickte, haben ihre Wirkung gezeigt. Elke hat sich zuletzt vorgestern darüber beklagt, dass Kenneth ihr ununterbrochen damit in den Ohren liegt, wann er endlich dem kleinen Finnian Reiten, Autofahren und Schießen beibringen kann.«

»Autofahren und Schießen?« Ich schnappte nach Luft. »Finn ist zwanzig Monate alt!«

»Das musst du mir nicht sagen.« Mechthild legte den Kopf schief und zuckte mit den Achseln. »Laut Elke ist Kenneth' Impulsivität so ein typisches *redhead*-Ding.« Sie beugte sich vor und legte mir die Hand aufs Knie. »Nun spring doch über deinen Schatten, Annika. Fülle mitsamt Finn die Lücke, die Kinderlosen wie Elke, Kenneth und mir den Lebensabend erschwert.«

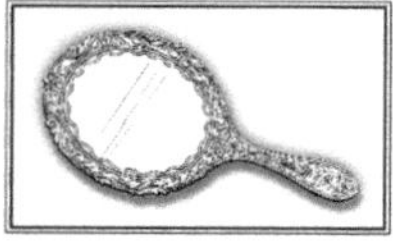

Bei der Erinnerung an das Gespräch muss ich tief seufzen. Mechthild fehlt mir. Zudem fröstelt es mich in der stürmischen Böe, die um die Gebäudeecke pfeift und das Herbstlaub aufwirbelt. Warum nur habe ich mich dem Vorschlag von Mechthild so vehement widersetzt? Ich zwinkere die Tränen weg, weil ich mich plötzlich mutterseelenallein fühle. Immer, wenn ich mich in der Tiefe von Trauer und Einsamkeit zu verlieren drohte, verwandelte sich Mechthild in eine gute Fee und zauberte meine Niedergeschlagenheit durch eins ihrer Rezepte oder irgendwelche kitschigen Screwball-Komödien aus der Konserve weg. Notfalls verwickelte sie mich in eine schier endlose Diskussion darüber, ob Augenbrauen gezupft oder natürlich-buschig besser aussehen.

Mit wem soll ich jetzt reden?

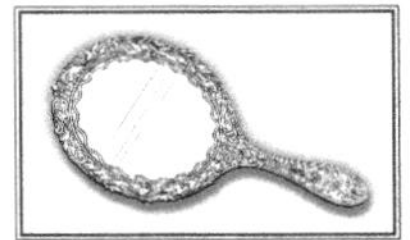

KAPITEL 3: HAMMER SMASHED FACE
(CANNIBAL CORPSE)

»Hey, Leif.« Der blutjunge *Knapi* mit dem Gesicht eines Chorknaben, der den Hintereingang unseres Hauptquartiers bewacht, tippt den Zeigefinger zum Gruß an die Stirn, ehe er das massive Stahltor für mich aufschiebt.

»Hey, ›Cutie‹.« Ich erwidere die Begrüßung des Anwärters mit einem Nicken, gebe Gas und lasse den Motor der Harley kurz aufbrüllen, ehe ich mit ihr rüber zum ehemaligen Gasthof tuckere, den wir zum Wohnhaus der oberen Chargen ausgebaut haben.

Einige Tore der langgestreckten Fertiggaragen-Reihe auf der linken Seite stehen offen, darin wird an Motorrädern geschraubt und Autolack poliert. Vor den Unterkünften der Mannschaftsgrade liegen Bobbycars, Roller und anderes Spielzeug herum, und wenig begeistert mache ich mir eine gedankliche Notiz, das bei der nächsten Versammlung anzusprechen.

Kaum dass ich die Maschine abgestellt habe, vibriert mein Handy in der Hosentasche.

Ich werfe einen Blick aufs Display und fluche. Lars ›Der Hammer‹ ruft nur an, wenn es unvermeidlich ist. »Gottverdammt!«, sage ich statt einer Begrüßung, als er meinen Rückruf annimmt. »Ich hatte einen entspannten Abend geplant.«

»Sorry.« Das S zischt wegen Lars' abgeschlagenem Schneidezahn, spritzt nahezu durch den Lautsprecher. »Ich hab' alles versucht, um dein Eingreifen zu vermeiden. Aber bei dem …« Wohlweislich erwähnt er am Telefon keine Namen. »… stoßen meine Überredungskünste auf Granit.«

Grummelnd kratze ich mir den Bart. Das musste jetzt wohl sein. »Komme«, grunze ich ins Handy. »Lass mich vorher nur was zwischen die Kiemen schieben.«

»Alles fit«, antwortet Lars. »Bis denne.«

Seufzend packe ich das Handy weg, schwinge mich wieder auf die Harley und starte den Motor.

Fünf Minuten später lasse ich die Maschine auf dem Personalparkplatz hinter der *Rübezahlschänke* ausrollen.

Der Duft, der mir aus dem Küchentrakt entgegen wabert, lässt mir das Wasser im Mund zusammenlaufen und ich schlucke, während ich den Helm absetze und über den knirschenden Schotter rüber zum Gebäude schlendere.

Im Schatten neben dem Hintereingang glüht ein rotes Licht auf, das sich beim Näherkommen als die glimmende Zigarettenkippe des chinesischen Spülers entpuppt. »Guten Abend«, grüßt er mich akzentfrei und neigt den Kopf fast schon übertrieben.

Ein guter Mann. Er hat nicht nur seine Schulden für das Besorgen eines Arbeitsvisums in Rekordzeit abbezahlt, sondern mehrere genauso engagierte Leute aus seinem Heimatdorf in Yunnan auf uns hingewiesen. Man muss mit der Zeit gehen, und das Business diversifizieren. Mit dem Eintreiben von Schutzgeldern – ich persönlich bevorzuge den Begriff ›Versicherungsprämie‹ – mit den BtM und den Laufhäusern allein kommt ein MC nicht durch solch wirtschaftlich schwierige Zeiten wie heute. »Mhm«, grunze ich betont griesgrämig, damit dem Chinesen seine Vermittlertätigkeit nicht zu Kopf steigt, und stoße die Tür auf.

Drinnen schlägt mir das Klappern von Geschirr und metallisches Klirren der Pfannen auf den Gasherden entgegen.

»Herr Ronny!« Auf der Gastraumseite auf die Platte der Durchreiche gestützt, lächelt die Wirtin zu mir hoch. »Welche Ehre!« Sie klatscht in die Hände und ruft den Köchen etwas auf Polnisch zu, die durch das Zischen und Brutzeln zurückschreien.

»Na, was sind die heutigen Empfehlungen?« Schmunzelnd nehme ich am schmalen Personaltisch neben der Durchreiche Platz und warte darauf, dass die wohlproportionierte Mittfünfzigerin mir die Antworten übersetzt. Aus der umfangreichen Karte zu bestellen, musste ich schon bei meinem ersten Besuch aufgeben.

Denn für ihren Wohltäter, behauptete die Wirtin damals, sei nur das Allerbeste gut genug.

›Wohltäter‹. Ich ziehe den Mundwinkel hoch, denn ich befürchte, dass sie mich wirklich als einen betrachtet. Dabei liefern meine Jungs und ich nur das, wofür Restaurant-Betreiber, Ladeninhaber und sonstige Geschäftsleute in unserem Revier zahlen: Schutz.

»Aufgepasst, Herr Ronny! Hier kommt Ihr Himmelreich!« Die Wirtin reißt mich aus meinen Gedanken und stellt einen dampfenden Teller vor mir ab.

»Mhm. Das riecht lecker.« Ich inhaliere den köstlichen Duft, der wirklich ein bisschen ans Himmelreich denken lässt. Garniert von einem guten halben Dutzend schlesischer Kartoffelklöße – ihre an Miniatur-Ufos erinnernde Form kenne ich schon von anderen Gerichten – schwimmen drei dicke Scheiben Fleisch in einer glänzenden hellbraunen Soße. Interessiert schiebe ich die Brocken in verschiedenen Brauntönen mit dem Messer herum, die etwa die gleiche Größe wie die kleinen Klöße haben und das Fleisch umgeben. »Was ist das?«

»Das ist Dörrobst«, erklärt die Wirtin. »Aprikosen, Apfelringe, Trockenpflaumen, stundenlang im Bratenfond-Ansatz weichgekocht. Oder meinen Sie das Gericht? Das heißt genauso, wie ich schon sagte, Herr Ronny: Schlesisches Himmelreich.«

»Na, dann wage ich mich mal daran«, antworte ich mit einem aufgesetzten Lächeln, weil ich befürchte, dass die Angelegenheit, für die Lars mich braucht, kein Himmelreich, sondern eher ein Himmelfahrtskommando wird.

»Tun Sie das, Herr Ronny!« Die Wirtin nimmt einer herbeieilenden Blondine einen Kuchenteller aus der Hand und stellt ihn ebenfalls auf den Tisch. »Und zum Nachtisch bekommen Sie natürlich nichts anderes als ein Stück von meinem selbstgebackenen Mohnkuchen. Guten Appetit!«

Zwanzig Minuten später verstaue ich den mir überreichten Umschlag mit der fälligen ›Versicherungsprämie‹ in der Innentasche meiner Kutte, ehe ich mit einem leisen Bedauern das Angebot für ein zweites Kuchenstück ablehne. Dann trete ich mir gedanklich in den Arsch und mache, dass ich auf die Harley komme.

Zu hoffen, dass Lars das Problem bereits gelöst hat, wage ich nicht, weshalb ich mehrfach Gas gebe, bevor ich losfahre.

»Na endlich«, begrüßt mich Lars in der alten Fabrikhalle weitab von allen Gewerbegebieten, die wir eigens für spezielle Aktionen angemietet haben. »Ich war schon kurz davor, die Jungs mit einem Fahndungsaufruf loszuschicken. Dieses Straßendealer-Frettchen weigert sich, Deutsch, Englisch oder Niederländisch zu verstehen. Und Arabisch?« Er stöhnt nachdrücklich und rollt die Augen. »Ich habe nicht vor, das auf meine alten Tage wegen dieser beschissenen *Marrueca*-Mafia zu lernen.«

»Das heißt, du bist mit dem Kretin nicht weitergekommen«, stelle ich fest. Wieso konnten diese gottverdammten nordafrikanischen Drogenhändler nicht auf ihrer Seite der deutsch-niederländischen Grenze bleiben? Schnaubend beantworte ich es mir selbst: Weil unser Gebiet richtig viel Kohle abwirft. Um die Stimmung aufzulockern, versetze ich Lars einen Fausthieb an die Schulter. »Ts-ts-ts«, stichele ich. »Ständig enttäuschst du mich. Muss ich mir einen neuen Vize suchen?«

»Einen neuen …?« In Lars' Augen flackert kurz Unsicherheit auf, ehe er kapiert, dass ich gewitzelt habe. »Hahahahaha!«, presst er dann ein überlautes Lachen heraus, in das meine übrigen Männer einstimmen.

»Genug gescherzt«, schneide ich ihren Heiterkeitsausbruch ab. »Wo ist der Idiot?«

»Da drüben«, antwortet Lars und geht mir voran. »Du weißt aber genau, dass ich problemlos mit ihm klargekommen wäre«, zischt er mir beim Gehen leise zu, »wenn nicht die Sprachbarriere wäre?«

»Schon klar«, bestätige ich, dann stehe ich schon vor dem Nordafrikaner. Hochzufrieden registriere ich den extra starken Kabelbinder um seinen Hals, mit dem Lars und die Jungs ihn an die armdicke Säule gefesselt haben, die in der Mitte des Raumes die Decke stützt. »*¡Buenas noches cretino!*«, grüße ich ihn und hoffe darauf, dass er meine Muttersprache versteht. Zumindest die Handvoll *Marruecas*, mit denen ich bisher zu tun hatte, konnten Spanisch sprechen. »*Jetzt wollen wir mal sehen, wie lange du uns weiter vormachen kannst, du würdest nichts verstehen*«, fahre ich fort, woraufhin sich das wirklich an ein Frettchen erinnernde Gesicht des Typen wenig amüsiert verzieht. »Volltreffer«, wende ich mich an Lars und lache leise.

»Also hat er jetzt jedes Wort kapiert?«, schlussfolgert Lars, und ich nicke. »So ein verdammter Wichser«, zischt er mir zu, ehe er sich mit einem Bier in den Hintergrund der Halle verzieht.

»*Nun*«, wende ich mich erneut auf Spanisch an den Straßendealer und lasse einen meiner Fingerknöchel nach dem anderen knacken. »*Dann spuck es aus: Wollen deine Chefs es auf einen Krieg mit uns ankommen lassen – oder hast du dich auf eigene Faust in unser Gebiet gewagt?*«

Der Dealer erblasst und presst die Lippen aufeinander.

»*Ach nein, hast du deine Zunge immer noch verschluckt?*«, frage ich im Plauderton, trete einen Schritt vor und lasse meine

Faust ansatzlos in seinen Solarplexus tauchen. *»Warte, das hier soll helfen. Mal sehen, wie lange du durchhältst …«*

Der Nordafrikaner zeigt mehr Ausdauer, als ich gedacht hätte.

Meine Faust schmerzt schon von den Schlägen, mit denen ich ihn traktiert habe, als er endlich damit rausrückt, dass er vom Sohn seines Chefs vorgeschickt wurde, um in unserem Gebiet zu wildern.

Mit dem Handgelenk wische ich mir den Schweiß aus der Stirn. Packe ihn dann an den Haaren, reiße seinen Kopf hoch, damit er mich anschauen muss. *»Und, war das so schwer, du verdammter Kretin?«*, frage ich ihn, ohne eine Antwort zu erwarten. *»Wenn du die Wahrheit gleich offenbart hättest, hättest du mir eine Menge Ärger und dir eine noch größere Menge Schmerzen erspart.«*

»Pah. Schmerzen.« Der Idiot spuckt mir wahrhaftig vor die Füße. *»Das war …«* Er zuckt gespielt lässig mit den Schultern. *»… nichts.«*

»Ganz wie du meinst«, stimme ich zum Schein zu. Dann lasse ich abermals meine Fingerknöchel knacken. *»Gut, bevor ich dich zurück zu den anderen Kretins kriechen lasse: Wiederhole noch einmal, was ich gesagt habe.«*

Er gibt ein verächtliches Schnauben von sich. *»Nicht nur die Stadt mit allen Ortsteilen ist das Gebiet der* Sons of Ragnarök, *sondern der gesamte Landkreis.«*

»Fein«, lobe ich sarkastisch. *»Und was passiert, wenn ein Mann der* Marrueca-*Mafia die Grenze überschreitet?«*

»Dann wird er unmenschliche Schmerzen erleiden.« Der Idiot rollt die Augen und spuckt abermals aus. *»Was auch immer ihr erbärmlichen Hurensöhne dafür haltet. Das, was du gerade hier aufgeboten hast, beeindruckt jedenfalls keinen* Marrueca-*Anwärter.«*

Was für ein unerträglicher Affenarsch. Auf mein für ihn unmerkliches Zeichen hin treten meine Männer vor und nehmen ihn in einen Klammergriff. Ich packe seinen rechten Arm mit zwei Händen und setze mein ganzes, nicht ganz unerhebliches Gewicht ein.

Ein trockenes Knacken ertönt, daraufhin das Geräusch von Luft, die scharf eingezogen wird. Dann erbebt die Halle unter den tierischen Schmerzensschreien des Kretins. Winselnd rollt er auf dem Boden herum, nachdem Lars den Kabelbinder wenig rücksichtsvoll durchgeschnitten hat. »*Verdammter Wichser!*«, tönt er hinter mir her, als ich den Schauplatz mit gemessenen Schritten verlasse. »*Bist du komplett wahnsinnig geworden? Du hast mir die Schulter ausgekugelt!*«

»Was schreit er?«, fragt Lars, der zu mir aufgeschlossen hat. »Soll ich ihm noch die Kniescheibe wegschießen?«

»Nicht nötig.« Ich winke ab. »Die *Marruecas* müssten noch dümmer sein als wir befürchtet haben, wenn sie diese Warnung nicht kapieren.«

»Noch einen Absacker?«, fragt Lars, als wir auf unsere Maschinen steigen. Er sieht mich wissend an, während wir unsere Helme aufsetzen. »Oder ins *Töchterinternat*? Das Hirn durchblasen?«

Ich gehe in Gedanken die Huren durch, die in unserem Bordell arbeiten. »Weiß nicht …« Diejenigen, die ansehnlich sind, hatte ich alle schon zu oft. Und die anderen …

»Bonny, Cutie und Beau haben Frischfleisch organisiert«, zählt er die Spitznamen der drei jungen, ziemlich gutaussehenden *Knapis* auf, die in den Großstädten im Umkreis als Loverboys für Nachschub in unseren Clubs sorgen. »Da gibt es einige heiße Feger, die noch eingeritten werden müssen.«

»Hmm.« Den Kopf wiegend freunde ich mich mit dem Gedanken an. »Ist da auch eine schlanke Schwarzhaarige drunter?«

»Schwarz?« Lars verzieht überrascht das Gesicht. »Du stehst doch sonst nur auf Rot und Blond.«

Lachend schürze ich die Lippen und zucke die Achseln. »Abwechslung kann nicht schaden. Oder?«

KAPITEL 4: ALL BY MYSELF
(ALOK & SIGALA & ELLIE GOULDING)

Drei Tage nach dem beängstigenden Erlebnis auf dem Supermarktparkplatz schrecke ich endlich nicht mehr bei jedem tief blubbernden Motorengeräusch hoch, wenn ein Motorrad auf der Straße vorbeifährt. Körperliche Arbeit hat doch eine heilsame Wirkung, stelle ich ein wenig resigniert fest.

Wundert es mich, dass Mechthild damit recht hatte? Wie mit so furchtbar vielen Punkten?

Denn inzwischen türmen sich im Hof hinter dem verkehrsgünstig gelegenen Ladenlokal, das ich angemietet habe, die Verpackungskartons der gerade aufgestellten professionellen Kosmetikstudio-Einrichtungsgegenstände. Obwohl ich mit Gebrauchsspuren gerechnet habe, sind die meisten der Möbel, die ich in der E-Bucht günstig ersteigert habe, fast wie neu.

Das ist natürlich großartig, allerdings sieht mein Salon dadurch viel zu clean aus. Geradezu aseptisch. Seelenlos.

Auf jeden Fall nicht so einladend, behaglich und entspannend, dass meine Kunden sich gar nicht losreißen wollen und sofort nach ihrer Behandlung den nächsten Termin vereinbaren oder gleich zum nächsten *Treatment* dableiben werden.

Seufzend drehe ich mich um meine eigene Achse und lasse meinen grübelnden Blick über den hellen, weiß gestrichenen Raum schweifen. Die Einrichtungszeitschriften, die ich mal aus einer Altpapiertonne gerettet hatte, kommen mir in den Sinn. Wenn ich das nötige Kleingeld hätte, wüsste ich sofort, was zu tun ist. Aber das habe ich nicht. Fast meine gesamten Ersparnisse sind für die Kaution für den Laden, die Rücklage für die ersten drei Monatsmieten, die Einrichtung und das Aufstocken der Verbrauchsmittel draufgegangen.

Aus dem zum Hof gelegenen Personalraum, in dem ich meine Luftmatratze und Finns Kinderbett aufgestellt habe, bis ich genügend verdiene, um mir eine Wohnung zu leisten, dringt jetzt ein vergnügtes Juchzen, das darauf hinweist, dass mein Sohn aufgewacht ist.

»Hast du Lust auf einen Ausflug, Finnipoo?«, frage ich ihn, während ich ihn aus dem Bett hebe und auf meine Matratze lege, um ihn zu wickeln. »Ja? Dann lass uns die Kartons ins Auto packen und beim Wertstoffhof abliefern. Klingt das toll?«

Finn jubelt, und ich muss auch grinsen, obwohl mir der Gedanke an das Schleppen nicht wirklich Spaß macht.

Zwanzig Minuten später ermuntere ich Finn, den letzten kleinen Karton in den Fußraum des Beifahrersitzes zu pfeffern, ehe ich die Tür ins Schloss drücke. »Na, wie haben wir das geschafft?« Ich fasse meinen Sohn unter den Achseln und werfe ihn einmal, zweimal in die Luft, ehe ich den kichernden Rotschopf ziemlich atemlos auf den Boden abstelle. »Uff, Finnipoo, du wirst ja immer schwerer.«

Finn schlingt beide Arme um mein linkes Bein und stellt sich auf meinen Fuß. »Hoppo-hopp, hoppo-hopp!«, fordert er mich giggelnd auf.

Mit einem Lachen ergebe ich mich, halte mich am Dachholm der Rücksitztür fest und wippe mit dem Bein, bis Finn sich vor Lachen kaum noch festklammern kann. Heftig atmend lehne ich mich an die Tür und streiche ihm das Haar des längst über Kinnlänge herausgewachsenen Bobs aus dem Gesicht. Bei nächster Gelegenheit muss ich ihm dringend die Haare schneiden! »So, und jetzt ab ins Auto«, erkläre ich ihm und wuchte ihn in seinen Kindersitz.

»Brumm-brumm!«, jubiliert Finn. »Brumm-brumm!«

»Auto«, spreche ich ihm vor und schnalle ihn an. »Gleich fahren wir mit dem Auto los! Auto. Au-to.«

»Brumm-brumm«, beharrt er, und ich seufze.

Muss er immer das letzte Wort behalten?

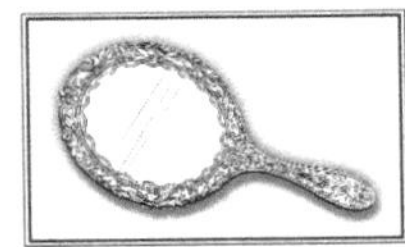

»Moo-ment mal!« Als wir gut eine halbe Stunde später auf der Rückfahrt vom Wertstoffhof sind, fallen mir am Rande eines Parkplatzes aufgehäufte Kleinmöbel auf. »Was ist das?«

»Issdass?«, echot Finn, aber ich gehe auf das Brabbeln meines Sohnes nicht ein.

Stattdessen vergewissere ich mich mit einem Blick in den Rückspiegel, dass kein Fahrzeug hinter mir klemmt, ehe ich das Auto abbremse und meinen Blick fokussiere. »Das sind nicht nur irgendwelche Schränkchen, Kommödchen und Tischchen, Finn«, sprudelt aus mir heraus, während ich den Wagen wende. »Das – und dazu ein paar Töpfe mit Farbe – ist genau das, was mir fehlt, um den Salon in eine wahre Entspannungsoase zu verwandeln! Das ist das!«

»Issdass!« Finn quiekt vor Freude und klatscht in die Hände.

»Und weißt du, was das Beste ist, Finnian?«, frage ich ihn, während ich meinen Wagen neben dem Krempelhaufen parke. Himmel! Am liebsten würde ich auch in die Hände klatschen! »Auf dem Pappschild, das in der Schublade des kleinen

Tischchens festgeklemmt ist, steht: ›Zu verschenken‹. Ich muss nicht mal die Besitzer suchen, um zu fragen, ob ich das Zeug haben darf!«

»Autsch!« Eine Viertelstunde später unterdrücke ich einen nicht kindgerechten Fluch. Ich Schussel muss mir beim Reinwuchten einer absolut entzückenden Kommode mit Schnitzereien in den Kofferraum natürlich den Finger zwischen dem Holz und dem Blech einklemmen.

»Mama Aua?« Finn, der überraschend brav auf dem Bürgersteig neben dem Auto sitzt und spielt, drückt sein Plüschpferd mit fest angenähter Prinzenfigur an seinen Bauch.

»Ja, Mama hat sich weh getan.« Ich seufze und schiebe vergeblich an der Kommode herum. Denn so, wie die im Kofferraum steckt, bekomme ich die Klappe nie zu!

»Heile Känzen?«, will Finn wissen, steht auf und kommt zu mir rüber.

Heile Känzen? Es braucht einige Überlegungen, bis ich auf das uralte Kinderlied komme, das Mechthild immer gesungen hat, wenn Finn sich irgendwo gestoßen hatte. »Heile, heile, Gänschen?«, frage ich und beginne zu singen, als Finn voller Begeisterung nickt.

»Heile Känzen«, bestätigt er, als ich mit dem Liedchen fertig bin und pustet auf meinen schon in Rot und Blau schillernden Finger.

Ziemlich verliebt in meinen süßen Sohn gebe ich ihm einen Kuss auf den Scheitel und deute dann auf seine Spielsachen. »Bist du ein Schatz und beschäftigst du dich noch ein bisschen?« Schnaubend verpasse ich der Kommode einen Faustschlag. »Mama muss dieses …« … ›verdammte Scheißding‹ verkneife ich mir. »… dieses Ding irgendwie ins Auto kriegen.« Schließlich steht auf dem Gehweg noch ein dazu passendes Wandregal, das ich auch unbedingt brauche!

»Bielen?« Mein Sohn legt den Kopf schief. »Llein?«

»Ja, du musst leider noch ein bisschen alleine spielen«, bestätige ich und beobachte, wie er mit hängenden Schultern zu seinem Spielzeug geht. So brav! Himmel, ich muss wirklich dankbar sein, dass er seine, für Zweijährige typischen Trotzanfälle nur relativ selten bekommt. Dann wische ich mir den Schweiß von der Stirn und zerre die Kommode wieder ein Stück aus dem Auto raus. Ich muss sie nur ein bisschen drehen. Oder kippen? Dann passt sie bestimmt ins Auto.

»Arm!«, übertönt Finns glockenhelle Aufforderung mein angestrengtes Schnaufen.

Verdammt, das Scheißding wird mit jeder Minute schwerer! »Gleich, mein Schatz!«, versuche ich, ihn zu vertrösten. »Mama hat gleich Zeit, dich auf den Arm zu nehmen!« Es muss doch möglich sein, dass die Kommode in meinen Kofferraum passt!

»Arm!«, ruft Finn noch einmal. »Arm!« Mit jeder Wiederholung fordernder.

»Ich sagte doch, …« Mit letzter Kraft schubse ich das Möbelstück über die Kofferraumkante. »… dass ich gleich Zeit für dich habe!« Mit einem Seufzen lehne ich mich gegen die Seitenwand der Kommode, streiche mir das Haar aus dem Gesicht und … »Finn?«, quieken meine Stimmbänder, weil mein Sohn, wie ich gerade feststellen muss, nicht mehr inmitten seiner Spielzeuge sitzt. »Wo …?«

»… bist du das, kleine Zwergenprinzessin?«, ertönt eine ebenso raue wie tiefe Stimme, die nach viel Schnaps und noch mehr Zigaretten klingt.

Moo-ment. Ebenso rau wie tief? Nach viel Schnaps und noch mehr Zigaretten klingend? Eine Glocke schrillt in meinem Hinterkopf. Aber welche?

»Arm!«, giggelt mein Sohn seine Zufriedenheit heraus.

»So, so. Das gefällt dir also?« Die Stimme lässt ein tief dröhnendes Lachen ertönen. »Arm? Auf den Arm genommen werden? Das ist, was dir gefällt?«

»Arm!«, wiederholt Finn und klingt so entspannt wie schon ewig nicht mehr. »Arm.«

»Jetzt musst du mir nur noch verraten, …«, redet die vom Rauchen kratzige Stimme weiter. »… wo du deine Schneewittchen-Mama versteckt hast.«

Jetzt! Zwergenprinzessin, verrauchte Stimme, Schneewittchen. Das muss der Typ vom Supermarktparkplatz sein! Das heißt: Das darf er nicht sein. Ich war mir doch so sicher, dass ich ihm nie mehr über den Weg laufe!

Meine Knie werden weich, vor meinen Augen wabern rote Schlieren.

›Annika!‹, herrsche ich mich an. ›Reiß dich zusammen! Es geht um dein Kind!‹

Obwohl meine Hände zittern, bekomme ich es fertig, sie zu Fäusten zu ballen, und stoße mich von der beschissenen Kommode ab.

»Sie!«, schnauze ich den rotbärtigen Typen an, der gerade mit Finn auf dem Arm und einer Schale voll vor Fett glänzendem Frittiertem in der freien Hand ums Auto herumkommt. Aus der er meinen Sohn sich auch noch bedienen lässt! »Sie …«

»Sieh an!«, schneidet er mir feixend das Wort ab und wippt auf den Fußballen, sodass Finn voller Begeisterung giggelt. »Da haben wir ja dein Schneewittchen schon gefunden, kleine Zwergenprinzessin!«

»Erstens bin ich kein Schneewittchen …« Wütend reiße ich Finn aus seinem Arm. »… und zweitens …« Mist! Ich wollte doch nicht, dass der Kriminelle allzu viel über mich und Finn erfährt! Er soll ruhig weiter dem Irrtum anhängen, Finn sei ein Mädchen. Und jetzt?

»… und zweitens?«, fragt er prompt nach.

Ich stöhne und zermartere mir das Hirn, wie ich das Thema wechseln kann. »Was tun Sie hier?«, blaffe ich ihn an. »Stalken Sie mich etwa?«

»Dich … stalken?«

Stellen die Pause, die er dabei macht, und der Umstand, dass er sich an die Nase fasst, etwa sein Schuldeingeständnis dar? ›Lass dich nicht täuschen, Annika!‹, ermahne ich mich selbst. ›Ein Gewohnheitsverbrecher wird seine Gefühle und Gedanken keinesfalls so offen zeigen, dass du sie von seinem Gesicht ablesen kannst!‹

Jetzt lacht er.

Ein tiefes, dröhnendes und leider derart ansteckendes Lachen, dass Finn auf meinem Arm sich beinahe ausschüttet vor Kichern.

»Kann es sein, dass du ein kleines bisschen zu sehr von dir eingenommen bist, Schneewittchen?«, fragt der Typ mit einem süffisanten Grinsen – soweit man das hinter seinem Wildwuchs von Bart erspähen kann. »Ich bin nur aus einem einzigen Grund hier: Weil es in der ganzen Stadt keinen besseren Snack gibt als *Tung Thong*, *Tod Mun Pla* und *Po Piah* von Anong.«

»Häh?« Obwohl ich neben seiner Schulter, wohin er mit dem Daumen seiner rechten Faust deutet, die Leuchtreklame eines Thai-Imbiss erspähen kann, verstehe ich kein Wort.

»*Tung Thong* heißt ›Goldbeutelchen‹, *Tod Mun Pla* sind eine Art Fischfrikadellen und *Po Piah* …« Mit zwei Fingern nimmt er eine der länglichen Walzen hoch, beißt ein Stück ab und hält mir die Schale hin. »… sind einfache Frühlingsröllchen. Aber sowas von schweinelecker!« Er steckt sich den Rest in den Mund und kaut mit übertriebenem Schmatzen. »Köstlich! Probier' selbst! Deine Tochter war jedenfalls total begeistert.«

»Danke«, presse ich heraus und fange Finns Hand ein, der sich erneut bedienen will. »Danke vielmals. Aber als Erziehungsberechtigte ist es an mir zu entscheiden, was mein Kind isst.«

»Erziehen.« Er feixt. »So wie neulich, als deine Prinzessin nicht aus dem Einkaufswagen wollte?«

Was für ein unverschämtes Arschloch! Ich schieße meinen tödlichsten Killerblick auf ihn ab und presse die Lippen aufeinander, damit Finn nicht Ohrenzeuge meiner Verwünschungen wird.

»Du musst schon zugeben, dass es witzig war.« Gerade so, als hätte ich nicht gerade klargemacht, dass ich das nicht will, hält er Finn erneut die Schale hin, und ehe ich reagieren kann, stopft mein Sohn sich eines der perfekt frittierten ›Goldbeutelchen‹ in den Mund. »Im Gegensatz zu ihrer Mutter …« Er belegt mich mit einem vielsagenden Blick und hebt so ein Ding an seine Lippen. »… zeigt die Zwergenprinzessin guten Geschmack. Die *Tung Thong* sind mit Abstand am leckersten.«

»Fein.« Ich unterdrücke ein Augenrollen und lasse Finn runter, weil er mir zu schwer wird. »Dann sollten Sie jetzt gehen. Damit Sie Ihre Delikatessen alleine genießen können.«

»Delikatessen.« Er hebt seine Augenbrauen zweifach, sieht mich anzüglich an. »Wie verheißungsvoll das aus deinem Mund klingt, Schneewittchen. Aber keine Sorge, …« Er kippt die Schale leicht, sodass ich den Inhalt sehen kann. »… es sind keine *Tung Thong* mehr übrig.« Mit genießerisch gespitzten Lippen tunkt er eine der Fischfrikadellen in eine rote Sauce und beißt ein Stück ab.

Zu meiner größten Verärgerung muss ich feststellen, dass mich der Anblick von seinem Genuss trocken schlucken lässt. Außerdem grummelt mein Magen, weil ich seit dem Frühstück nichts mehr zu mir genommen, dafür aber umso mehr Kalorien verbrannt habe.

»Aber um auf unseren Gesprächseinstieg zurückzukommen …« Er beugt sich in der Hüfte vor und zugleich zur Seite, späht in den offenstehenden Kofferraum. »Was machst du eigentlich hier?«

Seufzend lasse ich zu, dass er Finn seine Schale hinhält und der sich gleich zwei Stücke des thailändischen Streetfoods nimmt. »Wonach sieht es aus?«, frage ich bissig.

»Nach deinem erfolglosen Versuch, den nächsten Level in Kleinmöbel-Tetris zu lösen?« So laut, wie er über seinen dummen Vergleich lacht, scheint er sich unendlich witzig zu finden. »Ich würde dir ja anbieten, dir beim Transport zu helfen, aber meine Harley eignet sich nicht besonders für Lasten.« Leicht gebückt scannt er den Innenraum meines Wagens durch die Scheiben, drückt mir dann die Schale mit dem Asia-Food in die Hand. »Aber keine Sorge, das bekommen wir hin. Den Kindersitz bauen wir auf dem Platz des Beifahrers ein, dann kann man die Rückbank komplett umklappen und …«

KAPITEL 5: HIDEAWAY

(KIESZA)

Für einen Herbsttag knallt die Sonne fast schon vom Mittagshimmel, als ich mich am übernächsten Tag daran mache, die Kleinmöbel im Hof hinter meinem Kosmetikstudio zu streichen.

Da ich am Freitag große Eröffnung feiern will, muss ich Zeit sparen, wo es geht. Daher rücke ich den gründlich gereinigten und entfetteten Oberflächen mit jenen neuartigen Farben zu Leibe, für die es angeblich weder Abschleifen noch Grundierung braucht. Aus dem Augenwinkel spähe ich zu Finn, der mit seinen Autos auf einem Sandhaufen spielt, den irgendwelche Bauarbeiter vergessen haben. Dann hole ich tief Luft und tauche den Pinsel in die Farbe.

Geraume Zeit später dehne ich meinen steifen Nacken und nehme das drittletzte Möbelstück meiner Ausbeute in Angriff.

Ist es nötig anzumerken, dass meine ebenso neue wie unerbetene Bekanntschaft erheblich größere Fertigkeiten beim ›Kleinmöbel-Tetris‹ hatte wie ich?

Dieser dämliche Biker brauchte kein Dutzend Handgriffe, dann war meine gesamte Ausbeute verstaut. Zudem bot der Kofferraum nach seinem Eingreifen genügend Platz, um auch noch die Unterlegmatten, Farbdosen und Pinsel einzuladen, die ich im Anschluss bei dem Farbenladen kaufte, den zu empfehlen er auch noch die nervtötende Freundlichkeit besaß.

»Himmel!« Schnaubend puste ich mir die Haare aus dem Gesicht, ehe ich den Pinsel voller Nachdruck in die Farbe tauche. »Hoffentlich läuft diese Heimsuchung mir nie wieder über den Weg!«

»Das ist mit Abstand die originellste Art, mit der ich je begrüßt worden bin.« Ein glockenhelles Lachen lässt mich hochschauen, und als ich in das Gesicht einer ungefähr gleichaltrigen Brünetten blicke, würde ich am liebsten vor Peinlichkeit im Boden versinken. »Hallo, ich bin Elif und das ist meine Tochter Gözde.« Mit einem Kopfneigen weist sie auf ein kleines Mädchen auf ihrem Arm, das wie eine Miniaturausgabe von ihr aussieht. »Wir sind eure Nachbarn!«

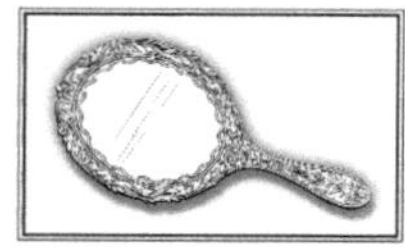

Zwei Stunden später teilen Elif und ich uns eine Tiefkühlpizza aus der Mikrowelle. Moment. Zwei Stunden? Es fühlt sich an, als würde ich Elif schon ewig kennen.

Ich weiß nicht, woran es liegt. Daran, dass wir beide durch schwere Zeiten gegangen sind? Daran, dass wir das Schicksal von Alleinerziehenden teilen? Oder doch einfach daran, dass wir trotz unserer unterschiedlichen Herkunft total gleich ticken?

Glücklicherweise scheint auch die ›Chemie‹ zwischen unseren Kindern zu stimmen. Denn nach einem erheblich gesünderen Abendessen aus Käse, Rohkost und Joghurt haben sie Finns Spielzeug auf meiner Luftmatratze aufgehäuft und beschäftigen sich einträchtig miteinander.

»Da hast du ja einiges zu verkraften gehabt.« Elif lehnt sich zurück und nimmt einen Schluck von dem Rotwein, den sie zu unserer improvisierten *Housewarming*-Party beigesteuert hat.

Als meine neugewonnene Freundin mit der Flasche vor meiner Tür stand, hat sie mich maximal verwirrt. Denn aufgrund ihres Namens war ich davon ausgegangen, dass sie muslimischen Glaubens sei. Inzwischen hat Elif mich aber mit Nachdruck darüber aufgeklärt, dass sie eine Ex-Muslima ist. Beim Gedanken an das, was sie mir sonst noch berichtet hat, verziehe ich das Gesicht, ehe ich auf ihre Aussage zurückkomme. »Das sagt die Richtige«, necke ich sie und schnappe mir ein Pizzastück vom Teller. Gegenüber dem wahren Krimi, dem Elif entkommen ist, erscheint mir meine Vergangenheit als ein Klacks.

So heiter und gelassen, wie sie neben mir sitzt, kann ich mir überhaupt nicht vorstellen, dass sie vor ihrem gewalttätigen Cousin geflohen ist, mit dem ihre Eltern sie zwangsverheiratet hatten. Der sie praktisch täglich vergewaltigte, bis sie mit Gözde niederkam. Und auch danach.

»Und was ist jetzt mit dem mysteriösen ›ihm‹, dem du keinesfalls mehr begegnen möchtest?«, spult Elif zu unserem Kennenlernen zurück.

Ich seufze unterdrückt. »Kann es sein, dass du ein spezielles Talent dafür hast, deinen Finger zielsicher in die Wunde zu legen?«

»Ahh.« Sie nippt vom Wein. »Dann ist er also sexy?«

»Nein!«, rufe ich. Viel zu schnell. »Nein«, wiederhole ich ruhiger. »Er ist nicht ›sexy‹. Er ist das schiere Gegenteil von allen Männern, die ich je sexy fand!«

»Erzähl!«, fordert sie mich auf und nascht einen Pilz vom Pizzabelag.

»Nun ja …« Grübelnd richte ich die Augen hoch auf die Decke. »Zum Gesicht kann ich nicht viel sagen, weil ein Gestrüpp von Bart es zugewuchert hat. Rote Haare sind vielleicht süß für einen kleinen Jungen wie meinen Sohn. Und dann hat er sich auch noch die Handrücken tätowieren la—«

»Oh, das ist ja interessant!«, platzt Elif heraus und giggelt.

»Was?« Ich überspiele meine Irritation, indem ich mir Wein nachschenke.

»Ich dachte eigentlich, du beschreibst jetzt die Schnittmenge deiner sämtlichen Ex. Was dich an denen angemacht hat. Aber stattdessen …« Sie grinst mich an. »… hast du den mysteriösen ›ihn‹ porträtiert.«

»Du hast dich unklar ausgedrückt!«, verteidige ich mich.

»Hab’ ich nicht!« Elif kichert. »Du findest deinen neuen Freund sexy!«

»Erstens …« Ich unterdrücke ein Schnauben. »… ist er kein Freund von mir und zweitens finde ich ihn nicht im Entferntesten ›sexy‹!«

»Vielleicht nicht hier …« Sie tippt sich an die Stirn. »… aber ganz offensichtlich da drunten.« Mit einem anzüglichen Grinsen zeigt sie auf ihren Schritt. »Komm, mir kannst du es doch gestehen: Wirst du feucht beim Gedanken daran, wie er dich packt und dir die Kleider vom Leib reißt? Wie er deine Handgelenke auf die Matratze nagelt und dich dann gegen deinen Willen befriedigt, bis du seinen Namen schreist?« Mit gespitzten Lippen nippt sie vom Wein, und am liebsten würde ich ihr entgegenschleudern, dass sie gefälligst nicht von sich auf andere schließen soll.

Aber gerade noch rechtzeitig fällt mir ein, dass zumindest der Teil mit ›gegen deinen Willen‹ dem entspricht, was sie erdulden musste. Also setze ich ein möglichst blasiertes Gesicht auf. »Süße, er heißt nicht Chris Hemsworth!«

»Ahh!« Elif zieht die Augenbrauen hoch. »Das ist also der Typ Mann, auf den du stehst?«

»Als ob es irgendeine Frau zwischen sechzehn und scheintot gäbe, die Chris Hemsworth von der Bettkante stoßen würde«, zitiere ich Mechthild. »Du etwa?«

Ertappt schlägt Elif die Augen nieder, und ich meine Röte auf der olivfarbenen Haut ihrer Wangen zu erkennen. »Du hast aber wirklich ein Händchen für Deko und Einrichtung«, wechselt sie abrupt das Thema und macht mit der Hand eine umfassende Bewegung.

»Danke für die Blümchen.« Ein bisschen verlegen zupfe ich eine Schinkenscheibe von der Pizza und rolle sie auf, um sie mir in den Mund zu stecken.

»Das Einzige, was noch fehlt«, fährt Elif jetzt mit gerunzelter Stirn fort, »sind ein paar textile Akzente und Deko.«

Textile Akzente und Deko? »Wie meinst du das?«, frage ich ein wenig skeptisch. Mir steht der Sinn weder nach überladenen Rüschenvorhängen noch irgendwelchen klobigen Staubfängern. Aber wie erkläre ich das meiner neugewonnenen Freundin, ohne sie vor den Kopf zu stoßen?

»Mit der Auswahl und der Farbgebung der Kleinmöbel hast du die Basis zu einem tollen maritimen Look geschaffen.« Elif zückt ihr Handy und fängt an, darauf herumzutippen. »Mit ein paar Accessoires wird der perfekt. Schau!« Sie zeigt mir Fotos von Kissen, bestickt mit nautischen Motiven, von Wimpelketten im Flaggenalphabet-Design und von allerhand Zeug in ›Strandgut‹-Optik.

»Willst du mich ruinieren?«, frage ich und seufze sehnsuchtsvoll. »Auf der Rückfahrt vom Farbenladen hab' ich bei diesem Dekoladen in der Schillerstraße Halt gemacht. Die Preise sprengen mein Budget bei weitem.«

»Und genau da komme ich ins Spiel!« Elif reibt sich die Hände. »Als der Stoffladen in der Ludwig-Erhard-Allee zugemacht hat, hab' ich kiloweise Stoffreste aus der Mülltonne geangelt. Und hörst du das?« Sie legt eine Hand hinters Ohr. »Meine Nähmaschine mit Stickfunktion jubelt schon. Endlich wieder Arbeit!«

»Würdest du das echt für mich machen?«

»Aber natürlich!« Elifs Augen leuchten geradezu auf. »Wenn du in der Zeit auf Gözde achtgibst, kann ich endlich wieder etwas Vernünftiges machen!«

Das sollte kein Problem darstellen, denn ein Seitenblick zeigt mir, dass Finn mit seiner neuen Freundin einträchtig spielt. »Zeig mir nochmal die Bildersuche auf dem Handy«, bitte ich Elif, denn auch mir kommt eine Idee. »Diese unterschiedlichen Glasflaschen mit Sandfüllung sind toll. Was steht auf diesen schnieken Aufklebern mit Kalligrafie-Beschriftung?« Ich ziehe das Bild mit zwei Fingern groß und lege den Kopf schief. »SYLT SOMMER 2004«, lese ich ab und switche zum nächsten Foto. »PRAIA DA FALÉSIA 2008, LA CONCHA 2012 und ELAFOSSINI 2017.« Ich lache. »Wo auch immer dieser Elafossini-Strand sein mag, ich schaffe es ja nicht mal, Sand aus Westerland zu holen!«

»Kreta«, antwortet Elif mit abwesendem Gesichtsausdruck. Dann gleitet ein Lächeln über ihr Gesicht. »Weißt du, was jeden Montag hinter dem *Geißenstall* steht?«

»Keine Ahnung. Wenn du nicht ›stehen‹, sondern ›liegen‹ gesagt hättest, …« Ich kichere. »… hätte ich auf eine Schnapsleiche getippt!«

»Knapp daneben!« Elif zeigt mit dem Finger auf mich. »Kisten voller Leergut. Ginflaschen in allen Farben und Formen. In die bunten können wir Rispen von den verschiedenen Ziergräsern stecken, die im verwilderten Park der abbruchreifen Fabrikantenvilla wuchern. Und in die farblosen füllen wir Sand und bekleben sie genau wie in diesem Blogbeitrag mit entsprechenden Etiketten.« Sie sieht mich mit gerunzelter Stirn an. »Hast du eine schöne Schrift? Ich nämlich nicht.«

»Ja, ich hab' schon mal Kalligrafie gemacht«, antworte ich, ehe meine Synapsen sich zu verbinden beginnen. »Aber mit welchem Sand willst du die durchsichtigen Flaschen befüllen? Sylt ist am anderen Ende Deutschlands.«

Elif legt den Kopf schief. »Der Sandhaufen, auf dem Gözde und Finn gebuddelt haben?«

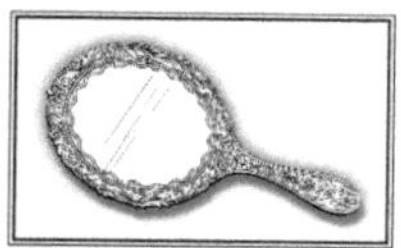

KAPITEL 6: CHARLOTTE THE HARLOT
(IRON MAIDEN)

»Hier hast du dich versteckt!« Lars, der den Kopf durch den Türspalt des Büros geschoben hat, öffnet die Tür ganz und kommt rein. »Was treibst du?«, fragt er, schnappt sich den Stuhl vor dem Schreibtisch und dreht ihn um hundertachtzig Grad, um sich rittlings draufzusetzen.

»Die Einnahmen und Ausgaben notieren.« Mit einem Ächzen schiebe ich die Papiere auf der abgenutzten Tischplatte des wuchtigen Nussbaum-Möbels von mir.

»Klingt nicht gerade begeistert«, feixt Lars.

Statt einer Antwort ziehe ich die Augenbrauen hoch und neige den Kopf. Solche Freiheiten darf sich nur mein Vize rausnehmen. Und auch das nur, wenn keiner unserer Männer dabei ist. Ich hoffe, das ist ihm klar.

»Wann kommt Jennifer aus dem Urlaub zurück?« Lars beginnt, sich eine Zigarette zu drehen.

Über das knarzende Eichenparkett gehe ich rüber zu den Sprossenfenstern, stütze die Hände aufs Fensterbrett und lehne die Stirn an die kalte Scheibe. »Keine Ahnung.« Ich starre runter auf die von herbstbunten Bäumen gesäumte Straße und nehme die unablässig vorbeirollende Perlenschnur von Fahrzeugen nicht wirklich wahr. Der Zwiespalt, den ich empfinde, drückt mir auf die Brust. Einerseits genieße ich jeden Tag der Abwesenheit meiner Stiefmutter, andererseits hat sie sich unersetzlich gemacht, indem sie solche Aufgaben wie die Buchhaltung übernommen hat. Schon zu der Zeit, als mein Vater noch lebte und sogar schon bevor sie seine *Valkyrja*, seine feste Partnerin, wurde. Mit einer entschiedenen Handbewegung stoße ich mich vom Fensterbrett ab und gehe zurück zum Schreibtisch. »Aber du bist sicher nicht gekommen, um über Jennifer zu reden.« Um den Themenwechsel zu bekräftigen, schiebe ich die Blätter zusammen, nehme sie hoch und stoße den Stapel auf der Tischplatte auf.

»Nee, genau.« Er hat seine Fluppe fertig und steckt sie sich an. »Es geht um diesen renitenten Griechen«, sagt er, nachdem er einen tiefen Zug genommen hat.

»Der Wirt vom *Jamas Poseidónas*?« Ich unterdrücke ein Augenrollen. Wenn sich herumspricht, dass er sich seit fünf Monaten weigert, seine ›Versicherungsprämie‹ zu bezahlen, kommt unser Geschäftsmodell in Gefahr.

»Exakt der.« Lars bläst den Rauch aus und scheint sich alles einzeln aus der Nase ziehen lassen zu wollen.

»Und?«, frage ich und studiere das steinalte Ölgemälde an der Wand gegenüber, das mein Vater mitsamt dem ganzen Inventar des Gasthofs erworben hat. Normalerweise hilft es mir, das Ende meiner Geduld zu überspielen.

»Er hat nicht nur die ausstehenden Beträge inklusive Säumniszuschlag beglichen, ...« Lars grinst mich an. »... sondern hat die nächsten Zahltage umgehend in seinen Kalender eingetragen. Dann hat er noch was gesagt, aber das hab' ich nicht verstanden, weil die Sanitäter sich dazwischengedrängt haben.«

»Die Sanitäter?«, frage ich mit der nötigen Schärfe. »Ich hatte euch doch kristallklar verklickert, dass weder dieser Grieche noch sein Koch unfallbedingt ausfallen dürfen.« Die

Prämie bemisst sich nach den Einnahmen, und wenn der Laden wegen Krankheit geschlossen werden muss, schneiden wir uns ins eigene Fleisch.

»… weshalb sich jetzt der zum Verwandtenbesuch in unserem schönen Städtchen weilende Schwager des Wirts mit einem Spiralbruch von Elle und Speiche in der Notaufnahme des Kreiskrankenhauses befindet«, führt Lars aus und feixt. »Wirklich schlimm, wie der auf dem frisch gewischten Boden des Restaurants ausgerutscht ist. Und dann wäre er auch noch fast die Kellertreppe runtergefallen. Was für ein Glück, dass ich exakt dort auf meine Moussaka zum Mitnehmen gewartet habe und ihn gerade noch am Unterarm erwischte. Nicht so glücklich war, dass es dabei zu diesem komplizierten Bruch gekommen ist.«

»Unglück im Glück sozusagen.« Ich kann mir ein Grinsen nicht verkneifen. »Perfekt, dann kann ich hinter diese Baustelle einen Haken machen.«

Da Lars keine Anstalten macht aufzustehen, sehe ich ihn fragend an.

»Gibt es etwa sonst noch etwas?«

»Nun ja …« Er zieht eine betretene Miene. »Wegen dem Frischfleisch …«

»Was ist mit den Huren?« Ehrlich, wenn Lars so weitermacht, war er die längste Zeit mein Vize.

»Celestine sträubt sich noch. Insbesondere bei besonderen Kundenwünschen.« Lars sucht meinen Blick. »Und wer besitzt größere Überzeugungskraft als du?«

»Celestine. Mhm.« Ich kratze mir den Bart. »Die schlanke Schwarzhaarige?«

»Genau die.« Er zieht einen Mundwinkel hoch. »Wusste ich doch, dass du dich an sie erinnerst.«

Eine gute halbe Stunde später folge ich Celestine durch den Flur im *Töchterinternat*. Boden, Wände und Decke sind mit hochflorigem, schwarzem Teppich verkleidet, der alle Geräusche dämpft. Neben den obligatorischen Notausgangsleuchten in Wadenhöhe wird das dem Aussehen der älteren Huren schmeichelnde Halbdunkel nur durch Spots erhellt, die auf großformatige Standbild-Abzüge aus *Das bumsfidele Töchterinternat* gerichtet sind.

Mein Vater kam sich wohl ziemlich geistreich vor, den Puff nach einem 60er-Jahre-Softporno zu nennen, aber da die Kunden dem *Töchterinternat* die Bude einrennen, habe ich keinen Grund, das Bordell umzutaufen.

Celestines Staksen auf mörderisch hohen Heels versetzt ihren ausladenden Arsch in gefährliche Schwingungen und lenkt meine Aufmerksamkeit wieder auf den Grund meiner Anwesenheit. »Da wären wir«, haucht sie, während sie sich umdreht und mir die Zimmertür aufhält.

»Mhm.« Ich lasse meinen Blick durch das in Rot gehaltene und mit asiatischen Drachenmotiven dekorierte Zimmer gleiten, in dessen Zentrum ein herzförmiges Bett mit natürlich ebenfalls roter Plüsch-Tagesdecke prangt.

»Gefällt dir, was du siehst?« Mit einem lasziven Lächeln auf den Lippen lässt Celestine sich auf die Bettkante sinken und beugt sich vor, sodass ihre Titten fast aus dem Ausschnitt ihres – ebenfalls knallroten – Minikleids springen.

Sie packen. Ihr die Kleider vom Leib reißen. Ihre Handgelenke auf die Matratze nageln und sie dann gegen ihren Willen befriedigen, bis sie meinen Namen schreit.

Wieso springt mir plötzlich diese Fantasie in den Kopf? Woher kommt sie? So etwas hab' ich noch nie erlebt. Normalerweise bevorzuge ich einen entspannten, fast schon langweiligen Fick. Aber dieser Gedanke, so ungewohnt und neu er auch sein mag – er macht mich an.

Und wie er mich anmacht!

»Soll ich mich ausziehen?« Celestines piepsige Stimme steht in krassem Kontrast zur aufreizenden Haltung ihres

Körpers. Mit lasziv schräg gelegtem Kopf sieht sie zu mir hoch und wickelt eine Haarsträhne um ihren Finger.

»Nicht nötig.« Mit einem Knurren packe ich sie am Arm und reiße sie auf ihre Füße.

»Huch!«, quiekt sie und giggelt.

Kann sie nicht die Klappe halten? Nachdem ich sie losgelassen habe, findet sie leicht taumelnd ihr Gleichgewicht wieder.

»Was …« Ihre Brust hebt und senkt sich von tiefen Atemzügen. Ihre Rundungen ziehen meine Hände an, als seien dort statt Silikonkissen Elektromagneten verbaut. »… hast du …«

»Schht!«, befehle ich, während meine Finger sich in den Stoff auf beiden Seiten ihres Ausschnitts krallen.

Schon das letzte Mal hat sie ohne Punkt und Komma gequasselt. Angeblich gibt es Kunden, die darauf stehen.

Ich tue das nicht.

Glücklicherweise scheinen die *Knapis* sie zumindest in dieser Beziehung gut abgerichtet zu haben, denn sie gehorcht und sagt kein Wort mehr. Stattdessen wollen ihre Möpse das knappe Kleidchen fast zum Bersten bringen, als sie tief Luft holt.

Das muss der Startschuss sein, auf den mein Körper gewartet hat, denn meine Hände reißen den Fummel mit einem hässlichen Knirschen des Stoffs auseinander.

Drunter trägt sie nichts als Strumpfbänder aus rotem Spitzenstoff, die wie Richtungsschilder auf ihre rasierte Pussy weisen.

Ich spüre die pochende Härte in meiner Hose, stoße Celestine rückwärts auf die Matratze und krieche hinterher. Während ich mit der Rechten eine Kondompackung aus der Schale auf dem Nachttisch greife, befreie ich mit der Linken meine Erektion aus Jeans und Shorts. Mit geübten Griffen streife ich den Gummi über. Dann beuge ich mich über sie, zwinge ihre Arme über ihren Kopf und nötige sie mit einem rammenden Zustoßen meines Knies, die Beine für mich zu spreizen.

Ein Schmerzensschrei entkommt ihr. Er fleht mich förmlich an, meinen Schwanz in sie zu versenken, und mehr als bereitwillig komme ich dieser Bitte nach.

Sie ist gerade eng genug, um mich durch den Widerstand ihrer inneren Muskeln zu massieren.

Stoß um Stoß dringe ich tiefer in sie ein.

Ihr Aufkeuchen zeigt mir, dass ich sie komplett ausfülle.

Also ziehe ich mich zurück, um meinen Schwanz nur noch tiefer in sie zu rammen. Irgendwas stimmt nicht. Der Rhythmus ... hakt.

Normalerweise schaffe ich es, den Nutten das Gefühl zu geben, dass sie nicht arbeiten. Gottverdammt – warum sperrt sich heute alles dagegen, es wenigstens zu versuchen?

Sie ächzt ihren Schmerz hinaus. Doch anstatt sich unter meinem harten Griff zu wehren, liegt sie regungslos wie eine lebende Leiche unter mir. Dann wendet sie das Gesicht zur Seite, schließt die Augen mit den grotesk langen und falschen Wimpern und presst die aufgespritzten Lippen so fest zusammen, dass sie fast auf Normalfülle schrumpfen.

Plötzlich macht die ganze Künstlichkeit ihrer Erscheinung mich unfassbar wütend: Das Haar gefärbt, das Gesicht mit Schminke zugespachtelt, die Fingernägel zu Krallen in schrillen Farben modelliert. Die falsche Drallheit ihrer Titten, die bei jeder Berührung fast von meiner Brust abprallen.

Der Zorn stachelt mich an, mit weiteren, harten Stößen entledige ich mich meiner Wut, bis sich mein Samen endlich, erlösend in den vulkanisierten Kautschuk ergießt.

KAPITEL 7: DNA (LOVING YOU)
(BILLY GILLIES FEAT. HANNAH BOLEYN)

Fünf Tage später

»Mama?« Ein fragendes Stimmchen dringt in meinen Gehörgang vor, schüttelt mich aus meinem traumlosen Erschöpfungsschlaf.

Widerwillig drehe ich mich auf der Luftmatratze um, die unter meinem Gewicht ihre Entrüstung heraus quietscht. Schlafen.

»Mama?«, ertönt das Wort erneut.

Schlafen. Mit einem entschiedenen Ruck ziehe ich mir die Decke über den Kopf. Schlafen! Ich will jetzt nichts, außer schlafen!

»Mama?« Ein erst vorsichtiges, dann nachdrücklicheres Patschen begleitet das Stimmchen. »Mama? Mama laft?«

Ächzend rolle ich mich zurück auf den Rücken und spähe gähnend in das schräg gelegte Gesichtchen meines Sohns. »Nein, Finn«, erkläre ich und gähne gleich nochmal. »Mama schläft nicht.« Nicht mehr, obwohl ich nach den letzten beiden Tagen ein Vierundzwanzig-Stunden-Koma bräuchte, um mich zu regenerieren.

›Du siehst aus wie ein Zombie, soll ich Finn wirklich nicht bei mir übernachten lassen, damit du morgen ausschlafen kannst?‹, erklingt in meinem Kopf die Erinnerung an Elifs besorgte Stimme, während ich mich zu Finn drehe und ihm eine einladende Höhle unter der Decke anbiete.

Wenn ich Glück habe, kuschelt er sich an mich und döst noch für ein Viertelstündchen ein. Oder so.

›Das macht mir wirklich nichts aus!‹, betonte Elif gestern, und ich bereue es ein kleines bisschen, nicht auf sie gehört zu haben. ›Im Gegenteil! Seit Gözde in deinem super braven Finn einen Ziehbruder und gutes Beispiel hat, ist meine kleine Diva um Welten besser zu ertragen!‹

Super braver Finn. Elifs Worte zaubern ein Lächeln auf mein Gesicht.

Ich vergrabe die Nase im Haar meines Sohnes und inhaliere den Geruch von Milch, Apfel und Zimt, der von ihm ausströmt. Nein, nachdem ich ihn wegen der Eröffnung die letzten zwei Tage komplett zu Elif abgeschoben habe, muss ich an diesem Sonntag jede Minute mit ihm nutzen.

Auf einmal packt mich Betriebsamkeit, und ich kitzele Finn, der laut kreischend unter der Decke hervortaucht.

»Was hältst du von Frühstück?«, frage ich ihn, woraufhin er zu jubeln beginnt.

»Ffühstück! Ffühstück!«

Ich komme kaum hinter ihm her, so schnell wie er in meine improvisierte Küchenecke flitzt. »Aber erst waschen und anziehen!«, ermahne ich ihn, während mein Kopf schon Pläne zu schmieden beginnt.

Die Kirchweih, die an diesem Wochenende hier im Ort abgehalten wird, hat mir gestern und vorgestern so viele Gäste meiner Einweihungsparty beschert, dass mein Terminkalender jetzt für die kommenden drei Wochen kaum noch Lücken aufweist. Da liegt es natürlich nahe, dass ich mit Finn den Jahrmarkt besuche.

Ob Finn Lust darauf hat, mit dem Karussell zu fahren, brauche ich ihn nicht zu fragen. Schmunzelnd ziehe ich die Schublade mit seiner Kleidung auf und verharre ertappt. Mist! Wegen des ganzen Trubels rund um die Eröffnung habe ich es komplett verpasst, die Schmutzwäsche zum Waschsalon zu bringen. Neben zwei T-Shirts und Finns liebster Buddel-Jeans liegt nur noch ein einziges Oberteil in der Lade. Ich seufze. »Schau mal!«, rufe ich mit gespielt begeisterter Stimme und halte Finn das rosafarbene Sweatshirt hin, das ich eigentlich Gözde schenken wollte. »Arielle magst du doch total gern!«

»Liel gucken?« Finn, der versucht, sich die Socken über die Füße zu stülpen, sieht fragend hoch.

»Nein, heute schauen wir keinen Disney-Film auf meinem Handy«, erkläre ich und ziehe ihm ein T-Shirt an. »Heute machen wir was ganz Tolles: einen Ausflug!«

»Auflug?« Voller Konzentration schafft Finn es, seine Socken anzuziehen. Dann steht er brav auf und steigt in die Jeans, die ich ihm hinhalte. »Brumm-Brumm?«

»Nein, ausnahmsweise nicht mit dem Auto.« Einen Moment lang überlege ich, wieso mein Sohn das Wort ›Ausflug‹ fast korrekt sprechen kann, sich aber penetrant weigert, einen PKW als ›Auto‹ zu bezeichnen. Dann ziehe ich ihm das Sweatshirt an und klatsche beim Aufstehen in die Hände. »Es ist nur ein Katzensprung zum Messplatz mit den Fahrgeschäften. Wir laufen!«

»Laufen!«, giggelt Finn und hüpft mir voran zum Esstisch.

Nach einem schnellen Frühstück, bestehend aus schwarzem Kaffee für mich – die restliche Milch reicht gerade noch für heute und morgen für Finn – und einem aufgewärmten Pfannkuchen mit Apfelmus für ihn, brechen wir auf.

»Gödde?«, fragt Finn, als wir über den Hof laufen und schaut sehnsüchtig zu dem Gebäudeteil, in dem Elif und Gözde wohnen.

»Das ist eine hervorragende Idee!«, lobe ich meinen Sohn und strebe mit ihm an der Hand zu ihrer Eingangstür. »Mit doppelt so vielen Leuten macht ein Jahrmarkt doppelt so viel Spaß!«

»Gödde!«, ruft Finn, als Elifs fragende Stimme in der Gegensprechanlage ertönt, und ich höre gerade noch das Lachen meiner Freundin, ehe das Summen des Türöffners alles übertönt. »Gödde!« Mit einem Jubeln stürmt Finn die Treppe hoch und wird oben von einer ebenso begeisterten Gözde empfangen.

»Finnie!« Sie hüpft auf der Stelle. »Finniesda, *Ana!* Finniesda!«

»Ja.« Lachend streicht Elif ihrer Tochter übers Haar. »Finn ist da«, wiederholt sie ähnlich überdeutlich, wie ich es viel zu gut von mir kenne. Dann wendet sie sich an mich, während die Zwerge schon in ihre Wohnung sausen. »Annika! Schön, dich zu sehen! Kommt ihr zum Frühstücken? Ich schnibbele gerade die Zutaten für *Menemem.* Aber …« Sie legt den Kopf schief. »Was ziehst du für ein Gesicht? Kennst du das türkische Nationalgericht zum Frühstück etwa nicht? Das ist Rührei mit pikantem Gemüse. Oder machst du dir Sorgen, dass es zu scharf für Finn sein könnte? Keine Sorge, ich kann seine Portion beiseitenehmen, bevor ich würze.«

Völlig überfahren vom Redeschwall meiner Freundin muss ich mich erst einmal sammeln. »Vielen Dank. Aber gefrühstückt haben wir schon. Nur eine Kleinigkeit, …« Meine Kochkünste hinken denen von Elif um Lichtjahre hinterher. »… aber auf der Kirchweih können wir uns einmal quer durchs Angebot futtern. Wir sind hier, weil ich fragen wollte, ob ihr mitkommt!«

»Auf den Jahrmarkt?« Elif runzelt die Stirn, und plötzlich fällt mir siedend heiß ein, dass meine neue Freundin aufgrund ihrer Herkunft vielleicht ein Problem mit den dort angebotenen Speisen haben könnte.

Wobei: Hat sie nicht herzhaft zugegriffen bei der Pizza mit Schinken und Schweinesalami? »Zuckerwatte, gebrannte Mandeln, Magenbrot für uns und Kinderkarussell,

Spiegellabyrinth und Autoscooter für die Kids«, zähle ich die größten Attraktionen auf, um ihre Begeisterung zu wecken.

»Das klingt wirklich toll«, sagt Elif und seufzt leise.

»Aber?«, spreche ich das Wort aus, das unüberhörbar in der Luft schwebt.

»Viel zu viele Menschen.«

Ich kann mein Lachen nicht zurückhalten. »Seit wann bist du kontaktscheu? Dann musst du die letzten paar Tage eine extrem gute schauspielerische Leistung abgeliefert haben.« Schließlich war sie es, die mich angesprochen und mir ihre Hilfe und Freundschaft angeboten hat.

Elif verdreht die Augen zur Decke. »Viel zu viele Menschen«, wiederholt sie. »Mit viel zu vielen Handys, die viel zu viele Fotos machen und die auf Social Media hochladen.«

»Und das heißt …?« Ich fürchte, ich stehe auf dem Schlauch.

Sie seufzt. »Ich würde unheimlich gerne mitkommen, aber meine ›Patin‹ bei der Organisation, die mir bei der Flucht und dem Neuanfang half, hat mir erst am Freitag eine Warnung zukommen lassen: Ein Mädchen, das ebenfalls von ihnen betreut wird, wurde von ihrer Familie aufgespürt und konnte in letzter Minute entkommen. Die Familie hatte KI verwendet, um Fotos auf Facebook nach ihrem Gesicht zu durchsuchen.«

KI? »Mit künstlicher Intelligenz?«, vergewissere ich mich.

»Ja, unfassbar, nicht?« Elif schnaubt ihre Empörung heraus. »Anhänger einer mittelalterlichen, was sag’ ich, einer Steinzeit-›Kultur‹ …« Sie malt Anführungszeichen in die Luft. »… bedienen sich modernster westlicher Technologie, während sie alle anderen Errungenschaften ablehnen. Es wäre zum Lachen, wenn es nicht so traurig wäre.«

»Elif …« Da ich nicht weiß, was ich auf ihren Ausbruch antworten soll, lege ich meine Hand auf ihren Unterarm. ›Es tut mir leid‹ ist sicher nicht, was sie jetzt hören will. Zumindest brachte mich dieser Satz nach Nicos Tod zum Schreien. »Wenn es so ist, bleiben wir natürlich zum Frühstücken hier!«

»Quatsch.« Sie schüttelt voller Nachdruck den Kopf. »Nur weil ich mit diesen kompletten Idioten als Familie geschlagen wurde, müssen Finn und du doch nicht auf die Gaudi beim Jahrmarkt verzichten!«

»Aber wir können euch doch nicht allein la—«

»Ich bestehe darauf!«, unterbricht sie mich. »Keine Widerrede!«

Huch, hat sie einen Feldwebel verschluckt oder woher kommt diese Bestimmtheit? Da ich mir es nicht mit meiner neu gewonnenen Freundin verscherzen will, füge ich mich. »Ganz, wie du meinst. Aber … Wie wäre es, wenn ich Gözde mitnehme?« Während ich es ausspreche, merke ich, dass mir die Idee gefällt. »Als Ausgleich, weil du Finn die letzten Tage übernommen hattest.«

»Ach, Annika, du bist echt süß.« Elif beugt sich vor und küsst mich auf die Wange. »Ich würde sie liebend gerne mit dir, mit euch gehen lassen. Aber wenn sie erst einmal weiß, was ein Jahrmarkt ist, wird sie immer wieder dorthin wollen.«

Und damit ihre Mutter in Gefahr bringen. Ich beiße mir auf die Lippe. »Also gut. Doch ich bestehe auch auf etwas! Du sagst mir jetzt auf der Stelle, was ich dir und Gözde mitbringen darf!«

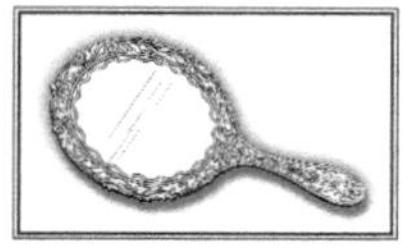

Kapitel 8: Don't You Worry Child
(Swedish House Mafia feat. John Martin)

Fünf Stunden später brummt mir der Schädel vom Gekreische der Marktschreier, der dem gegensätzlichen Musikgeschmack der Fahrgeschäftsinhaber geschuldeten Dudeleikulisse und dem Durcheinanderplappern von Hunderten Menschen. Meine Füße schmerzen. Wieso dachte ich, es sei eine günstige Gelegenheit, meine lang unbenutzten Schuhe mit Absatz auszuführen? Meine Arme erreichen langsam aber sicher die Länge von denen eines Orang-Utan-Weibchens und mein Magen rebelliert gegen die durcheinander gegessenen Reste von all den Leckereien, die zu kaufen ich Finn nicht abschlagen konnte.

»Komm, Finnipoo!«, locke ich meinen Sohn zum x-ten Mal. »Lass uns weitergehen!« Dass ich am liebsten schnurstracks nach Hause möchte, sollte ich ihm besser nicht auf die Nase binden.

»Nein.« Er verschränkt die Arme vor der Brust, klemmt dabei die ebenso hässliche wie große Puppe an seine Brust, die wir bei der Losbude gewonnen haben und die ich am liebsten zurückgelassen hätte.

»Komm, mein Schatz«, setze ich abermals an und lasse meinen Blick entnervt über den Stand des Töpfers gleiten, vor dem mein Sohn Wurzeln geschlagen hat. Keine Ahnung, was Finn derart fasziniert. »Du hast jetzt schon dreimal vom Anfang bis zum Schluss dabei zugeschaut, wie der Mann auf der Töpferscheibe einen Blumentopf aus einem Lehmklumpen formt. Komm jetzt, bitte!«

»Nein.« Er weicht mir aus, als ich die Tüten von der Rechten zur Linken jongliere und meine Hand nach ihm ausstrecke. Drückt sich durch das über mein vermeintliches Vordrängeln schimpfende Publikum nach rechts und dann nach vorne.

»Können Sie sich nicht hinten anstellen wie alle anderen?«, motzt ein Glatzkopf im spießigsten Frührentner-Outfit des Jahrzehnts.

Seine Begleiterin, die wie zum Ausgleich für seine Kahlheit ihr fleckig rot gefärbtes Haar hochtoupiert trägt, versetzt mir einen derart gezielten Ellenbogenstoß, dass mir die Luft wegbleibt und ich fast die Tüten fallen lasse.

»Idioten«, nuschele ich gerade laut genug, damit nur die zwei mich verstehen, ehe ich den Rückzug antrete. Irgendwann wird der allzu emsige Töpfer eine Pause machen müssen. Und bis dahin wird es ausreichen, dass ich mit ein wenig Abstand zur Menschenmenge darauf achte, wann mein Sohn genug von der Vorstellung hat und wieder auftaucht.

Mit einem tiefen Seufzen lehne ich mich an den Mast einer Straßenlaterne und stelle die Tüten vorsichtig zwischen meinen Beinen ab.

Dann reibe ich mir die schmerzenden Hände und bewundere die Kunstfertigkeit, mit der die gebrannten Endprodukte der Terrakotta-Blumentopf-Herstellung in einem Halbrund hinter und neben dem Töpfer aufgestapelt wurden. Auch wenn sich der untere Teil der Warenwand vor meinem Blick verbirgt, überschlage ich, dass jeweils mindestens zehn bis zwölf der größten Töpfe ineinander gestapelt wurden. Von den mittelgroßen und kleinen sicher fünfzehn, wenn nicht mehr. Und dabei sieht einer aus wie der andere. Keine Ahnung, warum Finn sich an der Produktion einfach nicht sattsehen kann. Ich seufze.

Auch gut zehn Minuten später macht der übereifrige Töpfer immer noch keine Pause.

Sollte ich ihm auf telepathische Weise einen Druck auf der Blase andichten? Oder besser mit einem Laserstrahlen-Blick einen Kurzschluss im elektrischen Verteilerkasten am Straßenrand auslösen, damit die Töpferscheibe zum Stillstand kommt? Unschlüssig und leicht verzweifelt zugleich lache ich über meine galoppierende Fantasie. Was bleibt mir anderes übrig?

Voller Frustration stelle ich mich auf die Zehenspitzen und schaue, ob ich wenigstens einen Blick auf den roten Schopf meines Sohnes erhaschen kann.

In diesem Moment kommt plötzlich Bewegung in die träge zwischen den Marktständen dahin trottende Menschenmenge.

»Roderich!«, kreischt eine Frauenstimme, und dankbar für die Abwechslung beuge ich mich interessiert vor.

Das muss ich später unbedingt Elif erzählen. Ich wusste nämlich gar nicht, dass heutzutage noch Menschen leben, die diesen vorsintflutlichen Namen tragen.

»Roderich!«, gellt es erneut. »Bei Fuß! Hierher, hab' ich gesagt!«

Bei Fuß? Ein Hund also? Noch während ich mit einem Schmunzeln auf den Lippen diesen Gedanken formuliere, teilt sich das Meer der Menschen und besagter Hund stürmt heran.

Von mittelgroßer Statur, mehr lang als hoch, streckt er sich im raumgreifenden Galopp. Sein mittellanges Fell, Grau mit marmoriertem Schwarz, wird dabei vom ›Fahrtwind‹ regelrecht zerzaust. Die dreieckigen, leicht geknickten Ohren wippen bei jedem Schritt und die hellblauen Augen rechts und links der Blesse scheinen vor Lebensfreude fast zu glühen.

»Rooo-deee-rich!«, japst die Frau nun aus größerer Nähe, was den Hund dazu bringt, laut bellend im Kreis zu laufen.

Seine Lautäußerungen klingen dabei nicht bedrohlich, sondern höchst vergnügt, und ich frage mich gerade, weshalb die Zuschauer an dem Töpferstand geradezu panisch vor ihm zurückweichen, als mein Blick auf meinen Sohn fällt.

Vom Rückzug des Publikums einsam und allein stehen gelassen, dreht Finn sich langsam um.

Alle Bewegungen scheinen zu einer Zeitlupe zu gefrieren, während Finns Blick sich in meinen bohrt.

›Mama!‹, schreien seine aufgerissenen Augen stumm.

Der Hund nutzt die freigewordene Fläche und führt seinen wilden Tanz jetzt meinen Sohn umkreisend auf.

»Finn!«, höre ich mich erstickt flüstern und hebe den Fuß, um zu ihm zu eilen, als –

– die Wand aus aufeinandergestapelten Töpfen direkt hinter ihm ins Wanken kommt.

»Himmel!«, schreie ich und renne los, doch im nächsten Augenblick erbebt die Luft von zigfachem Bersten und Krachen, und eine Staubwolke vernebelt mir die Sicht. »Finn, Finni«, höre ich ein Schluchzen und brauche mehr als einen Moment, um meine eigene Stimme zu identifizieren.

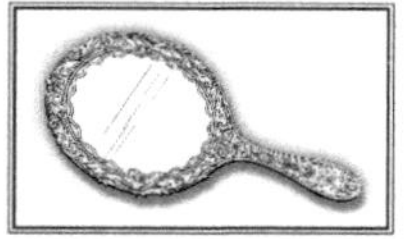

KAPITEL 9: SCARBOROUGH FAIR
(BIFF BYFORD)

Da all die Fahrgeschäfte, Händler und Fressbuden unserer Kleinstadt-Kirchweih selbstverständlich ebenso Schutz bedürfen wie die niedergelassenen Läden und Restaurants in unserem Verantwortungsbereich, sammeln wir heute den uns zustehenden Obolus ein. Schon zu der Zeit, als mein Vater dem Club vorstand, hatte sich mit dem Sonntag als vorletztem Veranstaltungstag der günstigste Zeitpunkt herauskristallisiert. Mein Beitrag zur Effizienzsteigerung bestand im ersten Jahr meiner Amtsübernahme in der Aufteilung des Marktgeländes zwischen meinem Vize und mir.

Mit den neuen Marktkaufleuten und Schaustellern, zum Glück sind es nicht allzu viele, muss ich hin und wieder Überzeugungsarbeit leisten. Die etablierten präsentieren mir hingegen beflissen ihre Abrechnungen und nicht wenige händigen mir neben der Versicherungsprämie auch eine Kostprobe aus.

Das herrlich sonnig-warme Herbstwetter hat meine Laune auf einen Höchststand angehoben, und so lache ich herzhaft meine Zustimmung heraus, als der Betreiber eines Kinderkarussells sich beklagt, dass mein Verhalten ihn gewiss in den Ruin treiben würde.

Wenn er meint? Für einen Sicherheitsdienst müsste er garantiert mehr berappen und ich wage zu bezweifeln, dass er die antiken Figuren seines Fahrgeschäfts ihrem Wert gemäß versichert hat.

»Wie alt bist du eigentlich, Leif?«, fragt er mich dann und kratzt seinen in Ehren ergrauten Bart. »Ich kann mich noch gut daran erinnern, wie du als kleiner Steppke deinen alten Herrn auf seinen Touren begleitet hast.«

»Achtunddreißig«, lass' ich ihn wissen und zwinkere. »Aber falls dich jemand fragt, sagst du, dass ich wie höchstens fünfundzwanzig aussehe!«

Er grinst und tippt sich salutierend mit zwei Fingern an die Stirn. Dann ändert sich sein Ausdruck. »Genau darauf wollte ich hinaus: Die anderen *Sons* in deinem Alter haben alle schon zwei oder drei Kinder. Du hingegen? Wo ist dein Nachwuchs?« Er schüttelt den Kopf, ehe er auf mich zeigt. »Gib zu: Du willst mich ruinieren, indem du mir Kundschaft vorenthältst.«

Was für ein verrückter alter Mann! Wenn ich ihn nicht schon mein ganzes Leben kennen würde … Ich beschränke mich darauf, ihm mit der Faust zu drohen und in sein dann doch nicht mehr so überzeugendes Lachen einzustimmen.

Kinder … Während ich zum nächsten Stand weiter schlendere, geht mir das, was der Schausteller sagte, durch den Sinn. Mit wem sollte ich denn Kinder zeugen? Natürlich, unter den Huren, die für den Club anschaffen, gibt es etliche, die alles dafür gäben, zur *Valkyrja* des Präsidenten aufzusteigen. Aber aus eigener Anschauung wünsche ich keinem Kind, eine Prostituierte zur Mutter zu haben. Schon gar nicht meinem eigenen.

Wenn ich es mir so durch den Kopf gehen lasse, hätte es den Anblick des quälend langsamen körperlichen Verfalls meines mit HIV infizierten Vaters gar nicht gebraucht. Mein Vorsatz, um keinen Preis eine ungeplante Schwangerschaft zu verursachen, hätte vollauf genügt, um immer ein Kondom griffbereit zu haben.

Angesichts des strahlenden Lächelns, mit dem mich die matronenhafte Betreiberin des ungarischen Lángos-Wagens begrüßt, wische ich die Grübelei aus meinem Kopf und sage nicht ›Nein‹, als sie mir nach der Aushändigung der Versicherungsprämie noch einen mit Schmand und Käse belegten Fladen aufdrängt.

Da dies der letzte Stand auf meiner Liste war, beschließe ich, das frittierte Gebäck bei einer Schlenderrunde über den restlichen Markt zu verspeisen. Ein Stand mit Lederwaren weckt mein Interesse, und herzhaft abbeißend will ich gerade hinübergehen, als ein Tumult meine Aufmerksamkeit weckt.

»Rooo-deee-rich!«, gellt eine weibliche Stimme über die Lärmkulisse des Marktes hinweg, die Menschenmenge auf der Gasse zwischen den Ständen teilt sich, und ein Australian Shepherd prescht hervor. Ungezogen, wie diese eigentlich tollen Hunde oft sind, vollführt er konzentrische Kreise auf der Fläche, die durch das Zurückweichen des Publikums vor einem Töpferstand frei wird.

Das gehässige Grinsen gefriert mir jedoch im Gesicht, als mein Blick auf einen flammend roten Schopf fällt, den der kollektive Rückzieher der Zuschauer ebenfalls offenbart.

Gut einen Meter groß, eine kecke Nase im sommersprossigen Gesicht und angetan mit einem knallpinken Pullover mit kitschigem Walt-Disney-Edelfräulein-Druck.

»Die Zwergenprinzessin!«, kommt mit erstickter Stimme aus meiner Kehle, weil mir exakt in diesem Moment das Wanken der turmhoch aufgestapelten Pflanzkübel hinter dem Mädchen ins Auge sticht.

Mein Herz bleibt stehen, während mir das halb aufgegessene Lángos aus der Hand fällt.

»Gottverdammte Scheiße!«, brülle ich, rempele kopflos aufgescheucht herumirrende Leute beiseite und renne los. »Prinzessin!« Ich weiß nicht, ob ich nur wegen des Sauerstoffmangels nach meinem Sprint keuche oder ob ich wirklich in der Lage war, das Wort zu bilden.

Doch das Mädchen dreht sich – unendlich langsam – um und schaut mit tiefgrünen Augen zu mir hoch.

›Keine Angst!‹, denke ich noch, weil die Spitzen der schwankenden Türme überkippen, dann werfe ich mich über das Kind und wappne mich gegen den Aufprall der Töpferwaren.

»Oh mein Gott!«, schreit ein Mann.

»O Gott, o Gott, o Gott!«, jammert eine Frau.

»Lassen Sie mich durch!«, japst eine undefinierbare Stimme. »Ich bin Ärztin!«

»Schhh«, mache ich und streiche der wimmernden Zwergenprinzessin über das Haar. Soweit ich fühlen kann, ist keine Verletzung ersichtlich. »Alles gut, alles gut«, sing-sange ich und spüre, wie die auf mir drückende Last Stück für Stück weggenommen wird. »So tapfer«, lobe ich das Mädchen, das unterdrückt schluchzt. »So tapfer. Die tapferste Zwergenprinzessin von allen!«

»Himmel!«, wimmert eine Stimme, die mir allzu bekannt vorkommt. »Lassen Sie mich durch!«

»Beruhigen Sie sich«, befiehlt die Ärztin. »Sehen Sie nicht, dass die Verschütteten gleich freigelegt sind? Stehen Sie nicht im Weg herum!«

»Himmel! Verstehen Sie denn nicht?« Die Stimme bricht. »Das ist mein Kind … Finn!«

Finn? Ein seltsamer Name für ein Mädchen, schießt mir durch den Kopf, während ich mit tiefen Brummlauten das zunehmend panischer werdende Kind zu beruhigen versuche.

»Finni!«, ruft die Stimme unter Schluchzen, und meine Irritation verpufft.

Denn Finni mag zwar ein seltener, aber eindeutig weiblicher Vorname sein. Bestimmt habe ich mich beim ersten Mal verhört.

»Kannst du mich hören?«, jammert die Stimme, und das Mädchen antwortet mit einem Wimmern.

»M-mama«, schluchzt es. »M-mama.«

»Deine Mama ist gleich bei dir«, verspreche ich und wiege das Kind, da die abnehmende Last mir zunehmend Bewegungsfreiheit bietet. »Alles wird gut. Alles.« Ich seufze, weil mir bewusstwird, dass ich das nicht verbürgen kann. Was, wenn das Mädchen eine schwere, gar lebensbedrohliche Verletzung erlitten hat? »Alles«, behaupte ich und leugne, dass ich lügen könnte.

»Da! Da sind sie!«

Von den Trümmern befreit, richte ich mich auf, das Kind nach wie vor an meine Brust gedrückt.

Mein Blick streicht suchend über die Umstehenden, irgendjemand fasst mich am Ellenbogen und bietet mir Halt, damit ich mit dem schluchzenden Mädchen auf dem Arm über die Trümmer steigen kann. Endlich sehe ich sie.

Kreidebleich, bebend, die Hand vor den Mund geschlagen. Schneewittchen. Wer sonst?

»Himmel!«, wispert sie und streckt die zitternden Arme aus. »Himmel!«

Kurz zögere ich. Kann ich es wagen, ihre Tochter an sie zu übergeben? Nicht, dass sie unter der Last zusammenbricht, so geschockt, wie sie aussieht.

Von links und rechts treten zwei Mitglieder der Freiwilligen Feuerwehr vor. Der ältere nickt auf meinen stummen Augenkontakt hin. Sie werden sie stützen.

»Alles gut«, nuschele ich, während ich das Mädchen in die Arme ihrer Mutter bette. Angesichts des komischen drückenden Gefühls hinter meinen Augenlidern ziehe ich die Nase hoch und wende mich unwirsch ab, als Schneewittchen ihre schlanken Glieder förmlich um den winzigen Körper ihrer Tochter wickelt und mit einem bebenden Schluchzen auf den Boden sinkt.

»Warten Sie!«, ruft eine ältere Frau. »Warten Sie! Ist das Blut, da an Ihrem Hals? Sind Sie verletzt?«

Blut? Hat die kleine Zwergenprinzessin doch etwas abbekommen? Ich verzögere meine Schritte, spähe an mir herab und scanne meine Brust, an die ich das Mädchen gedrückt habe. Erleichtert seufze ich auf, als ich nichts erkennen kann. Dann erst wird mir bewusst, was die Frau rief. Hals.

Wie ferngesteuert fährt meine Hand hoch zum Nacken, und als ich sie wegziehe, sind die Finger tiefrot beschmiert.

»O mein Gott!«, ächzt die Dame und wird blass um die aristokratische Nase. »Brauchen Sie einen Arzt?«

Ich winke ab. »Nur ein Kratzer.« Je ein Glas Whisky innerlich und äußerlich sollte zur Behandlung genügen. Dann mache ich, dass ich Land gewinne, bevor dieses seltsame Drücken in meiner linken Brustgegend aus mir herausbricht.

Kapitel 10: Falling in Love
(Aerosmith)

Zwei Wochen später brüte ich mit schmerzendem Kopf über dem Papierwust auf dem Schreibtisch, als energisch an die Tür geklopft wird.

Mein Herz hüpft, während meine Knie schlottern.

Ist Jennifer früher zurück? Niemand sonst pocht auf diese Weise an die Bürotür. »Herein!«, schnarre ich und versuche, mich auf das Positive zu konzentrieren: So sehr sie auch nervt, nur meine Stiefmutter kann diesen ganzen Abrechnungsscheiß ordnen.

»Leif?« Multitool, keiner weiß, woher er seinen Spitznamen hat, schiebt den Kopf zum Türspalt rein. »Können wir kurz stören?«

Ich grunze. Das haben sie schon. Halb sauer, halb froh über die Ablenkung schaufele ich den Papierkram in eine der bereits überquellenden Schubladen. »Reinkommen.«

Die Tür schwingt auf, und hinter Multitool tappt Bär ins Büro, gefolgt von Lars, der die Klinke mit Nachdruck ins Schloss drückt.

Eine Abordnung zu dritt? Mit hochgezogenen Augenbrauen schaue ich zu meinem Vize und verschränke die Hände vor der Brust. »Was gibt es?«

Multitool starrt Bär an, dessen Blick bohrt Löcher in die Decke.

Lars versetzt Multitool einen Stoß. »Spuck's aus.«

Was für einen Bockmist haben sie gebaut? Ich filetiere den *Huskarl* mit meinem Blick. »Hat die *Marrueca*-Mafia sich erneut nicht an die Gebietsaufteilung gehalten?«, spreche ich das Problem aus, das die größte Gefahr birgt.

»Nee, nee«, beeilt sich Multitool, mir zu versichern. »Die mucken nicht auf.«

»Aber?«

»… Schutzgeld …«, nuschelt er und schaut zur Seite.

Ich suche Lars' Blick. »Ich dachte, das Problem mit den Griechen sei gelöst?«

»Ist es auch«, versichert mein Vize und schiebt Multitool vor.

»Aber?«, frage ich abermals und spüre, wie meine Geduld verdampft.

»Es wirkt nicht!«, bringt Multitool mit einem leicht verzweifelten Ächzen hervor.

»Was wirkt nicht?« Irgendwann werde ich noch wahnsinnig mit diesen Typen.

»Die abschreckende Wirkung«, brummt Bär. »Was sollen wir mit dieser Frau machen? Sie sagt, sie hat keine Mittel, um uns Schutzgeld zu zahlen. Und was beim Griechen lief, wäre ihr egal.«

»Welche Frau?« Können oder wollen sie keine verständlichen Berichte abliefern?

»Das neue Kosmetikstudio gegenüber vom S-Bahn-Haltepunkt«, bringt Multitool über seine dürren Lippen.

… das mit an Sicherheit grenzender Wahrscheinlichkeit von einer Frau geführt wird, so viel reime ich mir zusammen. Ich seufze und sehe Lars an. »Warum hast du die Standard-Methode nicht angewendet?«

»Sie hat weder einen Ehemann noch einen Freund.« Lars zählt an Daumen und Zeigefinger ab, tippt sich dann an den Mittelfinger. »Und da sie Waise ist, sind auch keine Eltern, Großeltern oder sonstige Verwandte greifbar.« Er macht eine Pause, schluckt. »Bis auf …«

»Bis auf was?« Verdammte Kacke! Wieso muss ich jede einzelne Info einem Popel gleich aus seiner Nase ziehen?

»Bis auf ihren Sohn.«

»Ein Sohn!« Ich hebe die Hände und drehe sie mit den Handflächen nach oben, um zu verhindern, dass ich mit den Augen rolle. »Sie hat also einen Sohn! Und weshalb habt ihr ihn nicht als Druckmittel benutzt?«

Lars sieht mich an, schaut dann weg. »Als du damals die Nachfolge von deinem Alten angetreten hast, da hast du uns alle schwören lassen, dass Kinder tabu sind.«

Was für halbwegs geistig normale Menschen eigentlich eine Selbstverständlichkeit sein sollte. Nicht? Während ich mit dem inneren Aufruhr ringe, den die Erinnerung aufgewühlt hat, versuche ich mich auf die aktuellen Informationen zu fokussieren. »Wenn er tabu ist, dieser Sohn, …« Während ich spreche, versuche ich meine Gedanken zu ordnen. »… dann ist er ein Kind, dieser Sohn? Also ein Kind-Kind?« Mit der flachen Hand deute ich neben dem Schreibtisch verschiedene Größen von Kindern an. »Kein Jugendlicher-Kind?«

Lars spiegelt meine Geste ungefähr auf der Mitte seines Oberschenkels. »Ein Noch-nicht-einmal-Kindergarten-Kind, wenn du mich fragst.«

Da Lars ein Mädchen und vier Jungs wie Orgelpfeifen hat, stelle ich seine Sachkenntnis nicht infrage. »Scheiße.«

»Genau an dem Punkt waren wir auch angelangt«, stellt Multitool überflüssigerweise fest. »Ich sagte zu Bär: Das ist Chefsache.«

Bär nickt. »Und deshalb sind wir zu Hammer gegangen.«

Mit hochgezogenen Augenbrauen sehe ich sehe meinen Vize an. Ist Lars nicht Chef genug für solch eine Chefsache?

»Ronny …« Er verzieht das Gesicht, kaut auf seiner Unterlippe herum. »Du weißt, ich …« Seufzend verstummt er.

Ich weiß viel zu gut. Seit mein Vize mit seiner *Valkyrja* – die clubinterne Bezeichnung für die feste Partnerin eines *Huskarls* – Nachwuchs gezeugt hat, ist er seltsam weich gegenüber Frauen und Kindern geworden. Mit einem Ächzen klatsche ich beide Hände auf die Tischplatte und stemme mich aus dem Bürostuhl hoch. »Also Chef-Chefsache.«

Zwanzig Minuten später lasse ich die Harley am S-Bahn-Haltepunkt vorbeirollen und scanne die gegenüberliegenden Hausfassaden nach dem Kosmetikstudio der Widerspenstigen, die von mir gezähmt werden will.

Da ist es auch schon.

Ich wende die Maschine und stelle sie auf dem angesichts der Uhrzeit kaum noch belegten Parkstreifen vor den Gebäuden ab. Nach einem Blick auf eine in Schönschrift gestaltete Karte, die mir verrät, dass die Kosmetikerin heute bis neunzehn Uhr Kunden empfängt, checke ich mein Handy.

18:55 Uhr.

Perfektes Timing. Ich will gerade mit einem zufriedenen Grinsen reingehen, als die Tür aufgedrückt wird und eine Matrone, umgeben von einer Dunstglocke aus Parfum und floralen Gerüchen, hinaus auf den Bürgersteig stöckelt.

»Sie haben sich mal wieder selbst übertroffen!«, lobt die Dame mit fast schon teeniehaftem Kichern. »Ich fühle mich um mindestens zwanzig Jahre jünger! Mal schauen, ob mein Mann mich überhaupt noch erkennt!«

Irgendjemand scheint zu antworten, wer und was genau, bekomme ich nicht mit, weil ich mich mit gespielter Aufmerksamkeit den Produkten im Schaufenster widme.

»Ciao-ciao, meine Liebe!«, zwitschert die Matrone schließlich. »Bis nächste Woche!«

Ich warte, bis sie zu der Oberklasse-Limousine gestöckelt ist, die neben meiner Harley parkt, ehe ich die Tür zum Kosmetikstudio aufziehe.

»Sind Sie das, Frau Müller-Luckow?«, fragt eine warme Frauenstimme. »Haben Sie was vergessen?«

Bevor ich antworten kann, rast ein laufender Meter mit leuchtend rotem Haar auf mich zu.

»Arm!«, befiehlt die kleine Zwergenprinzessin, wirft sich auf mich und haut mir eine massive Holz-Eisenbahn-Lokomotive an die Schläfe, als ich mich niederknie und die Arme wie befohlen öffne.

»Wer ist da?«, will die warme Stimme wissen und kurz darauf tritt niemand anderes als Schneewittchen hinter einem als Raumteiler dienenden Regal hervor. »Finnipoo, was machst du …?«, fragt sie und umklammert den Stiel eines Wischmopps so fest, dass ihre Fingerknöchel weiß hervortreten, als sie mich erkennt. »Du?«

»Hallo Schneewittchen«, sage ich möglichst heiter, nachdem ich mich vom würgenden Klammergriff ihrer Tochter befreit habe. »Was für ein Zufall, …« … dass sie offenbar als Reinigungskraft für die renitente Kosmetikerin arbeitet. »Ich bin hier, um mit der Inhaberin zu sprechen.« Suchend lasse ich meinen Blick umherstreifen. »Ist sie noch da?«

»M-hm«, macht Schneewittchen und nickt. »Du sprichst mit ihr.«

»Du?« Ich muss zugeben, dass ich wahrscheinlich ebenso wenig intelligent dreinblicke, wie meine Silbe in meinen Ohren schrillt. »Du?«

Sie deutet hinter und über mich. *Annika's Beautycorner.* Dann zeigt sie auf sich. »Annika. Das bin ich.«

»Aber …« Ich überzeuge mich mit einem Blick auf den spiegelverkehrten LED-Schriftzug über der Eingangstür, dass sie nicht lügt. »Kosmetikerin? Du?«

»Weshalb nicht?« Sie lacht und streicht ihrer Tochter über den Kopf, die endlich von mir abgelassen hat.

»Du …« Ich scanne Annika und vergleiche ihr Aussehen gedanklich mit dem der Frauen, mit denen ich es normalerweise zu tun habe: Die *Valkyrjas* genannten festen Partnerinnen der *Sons*, die allen Clubmitgliedern sexuell verfügbaren *Monas* und die Professionellen in unseren Hurenhäusern. »Du siehst … völlig natürlich aus. Kurze Nägel, weder aufgespritzte Lippen noch künstliche Wimpern.«

Sie sagt nichts, klimpert stattdessen mit ihren von einem Saum dunkler Härchen besetzten Augenlidern.

»Benutzt du überhaupt irgendwelches Make-up?«, bricht aus mir heraus, als sich das Schweigen zwischen uns unangenehm in die Länge zieht.

»Zukleistern kann sich jeder«, sagt sie voller Geringschätzung und zieht ihre Nase kraus. »Die Kunst besteht darin, dass man es nicht sieht. Abgesehen davon liegt mein Schwerpunkt auf Tiefenreinigung, Entspannung und Pflege.«

»Und Jungbrunnen?«, frage ich angesichts der überdrehten Matrone mit einem Grinsen.

»Sozusagen.« Vorsichtig meinen Gesichtsausdruck spiegelnd zieht sie die Mundwinkel hoch. »Aber jetzt sag: Warum bist du hier?«

»Du fragst, weil ich deiner Meinung nach kein Bad in deiner Quelle ewiger Jugend brauche? Vielen Dank für das Kompliment.« Ich spüre, wie meine Gesichtszüge sich verhärten, als ich mich gedanklich dem Grund meines Besuchs zuwende. »Beruflich. Es geht um die ausstehende Versicherungsprämie.«

»Versicherung?« Sie runzelt die Stirn. »Meine Beiträge für die KFZ-, die Berufshaftpflicht- sowie die Kranken- und Pflegeversicherung sind allesamt beglichen. Mehr Versicherungen habe ich nicht.«

»Doch.« Es fällt mir schwer, Ernsthaftigkeit auszustrahlen, weil Annikas Tochter vor mir kniet und begonnen hat, mit ihrer Lokomotive Achten um meine Stiefel zu fahren. »Mit deiner Geschäftseröffnung begann deine Versicherung gegen Schäden aller Art zu laufen. Bei uns: Den *Sons of Ragnarök*.« Ich deute auf meinen Brust-Patch mit der Aufschrift. »Ich dachte, meine Mitarbeiter hätten dir das bereits dargelegt.«

»Willst du mich verarschen?« Ihre Augenbrauen treffen sich fast über ihrer Nasenwurzel, als sie die Stirn kraust. »Du bezeichnest diese kriminellen Mitglieder einer Biker-Gang als deine Mitarbeiter? Die monatlich fünfhundert Euro von mir gefordert haben? Für nichts?«

Ich seufze. »Hattest du seit der Eröffnung irgendwelche Probleme? Unrat vor deiner Eingangstür, Graffitis auf den Schaufenstern oder gar einen platten Reifen? Nein? Siehst du. Wir, die *Sons*, haben geliefert. Du jedoch …«

»Ich fasse es nicht!« Sie atmet so scharf ein, dass ihre Nasenflügel flattern. »Schutzgeld? Du kommst hierher und willst Schutzgeld von mir erpressen? Du? Ausgerechnet du? Du, der sich bis über die Halskrause bei Finn eingeschleimt hat?«

»Ich war nur hilfsbereit«, verteidige ich mich. Zugegebenermaßen ziemlich lahm, aber Finn – ist es jetzt ein Junge oder ein Mädchen? – reckt die Ärmchen und will hochgenommen werden.

»Lass bloß die Finger von meinem Sohn!«, faucht Annika und zerrt das Kind zu sich, womit meine Frage beantwortet wäre.

»Mir macht das hier am allerwenigsten Spaß von uns allen«, stelle ich klar. »Gib mir einfach das Geld und gut ist.« Beim Sprechen lasse ich meinen Blick über die einladende Inneneinrichtung des Studios schweifen. »Wenn du aufgrund der Auslagen für die Eröffnung ein bisschen knapp bist, können wir auch Ratenzahlung vereinbaren.« Möglichst warmherzig sehe ich sie an. »Schau, ich bin kein Unmensch. Ich mag deinen Kleinen, und dich finde ich auch nicht unsympathisch, obwohl ich nicht verstehen kann, weshalb du ihm quietschpinke Disney-Prinzessinnen-Shirts anziehst.«

»Ach«, ätzt sie und lässt den quengelnden Finn los, der augenblicklich zu mir eilt, mit beiden Füßen auf meinen Stiefel steigt und seine Arme um meinen Oberschenkel schlingt. »Das ist dem Herrn aufgefallen? Aber dass es sich um ausgewaschene Secondhand-Klamotten handelt, nicht?« Schnaubend presst sie den schönen Schwung ihrer Lippen zusammen. »Ich pfeife aus dem letzten Loch! In tausend kalten Wintern kann ich mir keine fünfhundert Euro ›Versicherungsprämie‹ …« Sie malt mit den Fingern in die Luft. »… für euch Spackos leisten!«

Ich seufze. Davonkommenlassen kann ich sie auf keinen Fall. Wenn sich das rumspricht … Da kommt mir eine Idee, und ich grinse. »Du könntest deine Schulden in Naturalien abarbeiten.«

KAPITEL 11: TORN
(AVA MAX)

»In Naturalien abarbeiten?«, bringe »ich mit erstickter Stimme hervor. Ist der Typ wahnsinnig geworden? »In Naturalien?« Fassungslos schüttele ich den Kopf. »Haben Sie …« Voller Nachdruck wechsele ich zur Höflichkeitsanrede. »… gerade wirklich angedeutet, dass ich für Sie …, dass ich für Sie auf den …« Ich komme ins Stottern. Das kann er nicht gemeint haben. Dass ich für ihn auf den Strich gehen soll. Oder? In meinem Kopf rattern die wenigen Informationen durcheinander, die ich über kriminelle Banden besitze. Prostitution gehört zu deren Kerngeschäft. Da bin ich mir sicher. »Sie wollen, dass ich für Sie an-schaf-fe?«

»Quatsch.« Er bringt es sogar fertig, entrüstet dreinzuschauen.

»Was sonst soll ›in Naturalien abarbeiten‹ bedeuten?« Noch während ich diese Frage heraus fauche, greifen die Rädchen in meinem Kopf ineinander und ich sehe ihm tief in die dunklen

Herzkirschenaugen. »Sie wollen …? Ich soll …?« Sprachlos
deute ich mit dem Finger zwischen ihm und mir hin und her.
»Sie möchten, dass wir beide …« Angesichts von Finns Anwesenheit forme ich das nächste Wort nur lautlos mit den Lippen.
»… *Sex* miteinander haben?«

»Nein«, lügt sein Mund. Doch seine hochgezogenen
Augenbrauen – und dieser dreiste, wissende Blick – sagen das
Gegenteil.

»Nein?« Ich starre ihn nieder, bis er den Kopf schüttelt.

»Nein.« Er seufzt. »Ich dachte an die Leistungen, die du
deinen Kunden anbietest.«

»Ach? Und was wünscht der Herr? Augenbrauen färben?
Braut-Make-up? Brazilian Waxing?« In dem Moment, wo ich
das Enthaaren des Intimbereichs mit Zuckerpaste erwähne,
könnte ich mir auf die Zunge beißen. Einen Mann werde ich
an dieser Stelle ganz sicher nicht behandeln! Vor allem nicht
diesen Mann! Um ihn abzulenken, zähle ich schnell weitere
Anwendungen auf, die ich anbiete. »Cellulite-Behandlung?
Chakra-Energie-Massage? Dauerhafte Haarentfernung mit
dem Laser?« Mein Blick fällt auf seine Hand, die abwesend
über Finns Kopf streicht, der peinlicherweise keinen Millimeter von diesem haarsträubenden Mafioso abrückt. »Wobei Laser-Epilation bei tätowierter Haut nicht zu empfehlen ist«,
füge ich angesichts der bläulichen Linien an, die sich über seinen Handrücken ziehen. Dann hole ich Luft, um weiter auf-
zulisten. »Dauerwimpern? Ernährungsbera—«

»Laser?«, unterbricht er mich und fixiert meinen Blick.

Ich nicke. »Ja, ich biete Laser-Epilation an. Aber, wie gesagt, bei tätowierten Hautflächen kann ich keine Garantie
übernehmen.«

»Mhm?« Er sieht mich auffordernd an.

»Laser werden auch benutzt, um Tätowierungen zu entfernen«, setze ich zu einer Erklärung an. »Ich kann nicht ge-
währleisten, dass ausschließlich der Follikel rund um die Haar-
wurzel vom Lichtblitz getroffen wird, und nicht auch die in
der Dermis eingekapselten Farbpigmente.«

»Und das heißt?«

Ist er begriffsstutzig? »Das heißt, mein Laser enthaart nicht nur, wie beabsichtigt, sondern zerstört auch Farbe, die beim Tätowieren in die Haut eingebracht wurde.«

»Perfekt.«

»Perfekt?« Ich starre den Typen an, der Finn wegschiebt, die Lederjacke abstreift und Anstalten macht, sich das T-Shirt über den Kopf zu ziehen. »Was ist ›perfekt‹ und was soll das hier geben?«

»Perfekt ist, dass wir gleich anfangen können.« Er knüllt die Klamotten zusammen, wirft sie in die Ecke und grinst mich an, während er in schlimmster Aufschneider-Manier seine Brustmuskeln zucken lässt.

»Anfangen?« Leider kann ich den Blick nicht abwenden von den Reflexionen des Lichts, die von den imposanten, silbern schimmernden Kugeln eingefangen werden, die rechts und links seiner Brustwarzen prangen. »Womit anfangen?«

»Mit der Entfernung von diesem Tattoo«, erklärt er mit zerknirschtem Gesichtsausdruck und wendet mir den Rücken zu. »Sobald dieser Scheiß-Spruch verschwunden ist, das schwöre ich, brauchst du für alle Zeiten keine Versicherungsprämie mehr zahlen.«

»Meine Ehre …«, entziffere ich die in Fraktur gehaltenen Silben. »… heißt Treue. Das ist allerdings ein Scheiß-Spruch.« Wie, um Himmels willen, kommt man auf die völlige Schrott-Idee, sich ein SS-Motto tätowieren zu lassen?

»Es ist nicht nötig, dass du länger als notwendig darauf herumreitest«, stellt er mit deutlich pikierter Stimme fest. »Wo möchtest du mich haben?«

Am liebsten auf der dunklen Seite des Mondes. Aber das sollte ich besser nicht aussprechen. »Kann ich vorher Finn noch was zu essen richten?« Erleichtert registriere ich, dass er nickt. »Dann kannst du dir es inzwischen dort drüben bequem machen.« Ich deute auf einen Behandlungsbereich, den ich hinter einem Paravent abgetrennt habe.

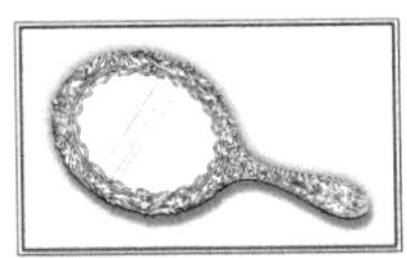

»Er macht was?« Elifs Stimme schrillt alarmiert durch ihre Küche, wo sie zweieinhalb Wochen später unser allsonntägliches Frühstück zubereitet. Den Pfannenwender hocherhoben dreht sie sich zu mir um, starrt mich aus weit aufgerissenen Augen an und schüttelt den Kopf. »Ich muss mich verhört haben. Erklär mir bitte, dass du gerade nicht gesagt hast, dass du diesen Typen nicht nur zweimal wöchentlich gratis behandelst …«

»Ich erbringe die Leistung nicht gratis«, wende ich ein. »Er steckt mir jedes Mal einen Hunderter zu.«

»Den er dir umgehend für seine sogenannte Versicherung wieder abknöpft.« Elif verdreht ihre dunklen Augen zur Küchendecke.

Ich will gerade ausführen, dass ich am Monatsende drei- bis vierhundert Euro gut mache, aber Elif redet sich zunehmend in Rage.

»Du lässt dich nicht nur von ihm aushalten, sondern nimmst es auch noch hin, dass dieser Kriminelle Zeit mit deinem Sohn verbringt! Bist du wahnsinnig geworden, Annika?«

Ich seufze. »Es hat nichts mit ›sich aushalten lassen‹ zu tun, wenn Finn und ich von dem essen, was er mitbringt. Soll ich die Menüboxen ungeöffnet in den Müll werfen und mir stattdessen ein Butterbrot schmieren?«

»Ja, das solltest du!« Elif schnaubt.

»Das würdest du nicht sagen, wenn du wüsstest, was er da anschleppt. Das ist kein Fastfood, sondern …« Beim Gedanken an die Ente mit schlesischen Klößen und Rotkraut, die er uns am Donnerstag aufgetischt hat, läuft mir das Wasser im Mund zusammen. »… gehobene, gutbürgerliche Küche. Entenbrust könnte ich mir nicht mal leisten, wenn ich wüsste, wie man aus den Rohzutaten so etwas zaubert!«

»Du lässt dich aushalten«, konstatiert Elif erbarmungslos. »Gut, bei Entenbrust könnte ich auch schwach werden«, räumt sie nach kurzer Bedenkzeit ein. »Aber das mit Finn geht so nicht!«

»Was soll ich machen?« Ich zucke die Achseln und hebe die Hände. »Finn … Ich weiß auch nicht, wie ich das beschreiben soll. Es ist, als hätte dieser Ronny einen Elektromagneten verschluckt, der eine unwiderstehliche Anziehungskraft auf Finn ausübt.«

»Ronny?« Finn, der sich in der Spielecke von Elifs Küche mit Gözde beschäftigt hat, schaut erst mich fragend an und dreht dann suchend den Kopf. »Ronnysda? Wo?«

Hilflos schnaube ich ein Lachen heraus. »Spiel weiter, Finn. Ronny kommt erst wieder am Dienstag.« Dann wende ich mich mit gesenkter Stimme an Elif. »Siehst du?«

»Trotzdem.« Meine Freundin gibt um keinen Millimeter nach. »Mit ihm raufen? Kinderreime aufsagen? Mit Bauklötzen spielen? Ein Wildfremder? Ein Krimineller?«

Obwohl es mir selbst blöd vorkommt, sehe ich mich genötigt, Ronny zu verteidigen. »Er ist kaum ein Wildfremder, nachdem er Finn auf der Kirchweih mit seinem eigenen Körper beschützt hat. Und ein Krimineller? Übertreibst du nicht ein bisschen? Welche Verbrechen soll Ronny denn begangen haben?«

»Zum Beispiel Schutzgelderpressung«, antwortet Elif spitz und leider komplett berechtigt. »Oh, Annika! Ich …« Sie erwürgt fast das Küchenhandtuch, mit dem sie Spritzer von der Arbeitsplatte gewischt hat. »Ich mache mir wirklich Sorgen um dich! Mir ist nur zu gut bekannt, wie einsam man sich fühlen kann. So ganz ohne Rückhalt durch die Familie und mit einem Kindsvater, der …« Sie lässt den Satz unvollendet, denn ihren gewalttätigen Ex-Mann und Cousin in Personalunion kann man wohl schlecht mit Nico vergleichen, der feige Suizid beging.

»Aber du …«, braust sie danach umgehend wieder auf. »Du kommst mir vor wie eine Geisel, die sich in ihren Kidnapper verliebt!«

»Ich bin weder eine Geisel noch bin ich verliebt«, stelle ich klar. Und dass Ronny mich entführt haben soll, müsste ich mitbekommen haben. Nicht?

Elif schnaubt. »Hast du wirklich noch nie was vom ›Stockholm-Syndrom‹ gehört?« Theatralisch schüttelt sie den Kopf. »Das beschreibt nicht nur die toxische Beziehung zwischen einem Opfer, das sich zu einem Entführer hingezogen fühlt, sondern erinnert mich auch an die völlige Unterwerfung des devoten Parts unter einen sogenannten ›Dom‹.«

Devot? ›Dom‹? Mir fallen die Bücher ein, deren verräterische Cover Elif hinter selbstgenähten Schutzumschlägen versteckt. »Weder Ronny noch ich sind Figuren aus deinen ach so prickelnden Dark-Romance-Romanen!«

»Dann bist du eben einfach nur verknallt in ihn?« Sie wedelt mit den Händen. »Liebestrunken, von deinen Hormonen übermannt? Das ist jedenfalls nicht normal, wie du dich verhältst!«

Sind es wirklich die Hormone? Körperliche Anziehungskraft? Ich denke an den Ausdruck in Ronnys Augen, als er log, er würde keinen Sex mit mir haben wollen. Er spürt das. Ganz gewiss. Aber ich? Mit geschlossenen Augen rufe ich mir seinen Körper in Erinnerung, den kennenzulernen ich bei inzwischen fünf Terminen die Möglichkeit hatte. Bärtig und langhaarig, muskulös und tätowiert ist er das krasse Gegenteil des Typs, auf den ich normalerweise stehe. Ja, ich weiß, Chris-Hemsworth-Filme regen mich dazu an, mich hinterher im Bett an gewissen Stellen zu berühren und mir vorzustellen, es handele sich um die Hand des Filmstars oder seines Klons. Aber Ronny? Ich will schon innerlich abwinken, als mir seine Brustwarzenpiercings einfallen – und meine Klitoris mit einem beherzten Pochen auf die Vorstellung reagiert, wie es sich anfühlen würde, die zu berühren. Was Ronny dabei spüren würde, und vor allem, wieso er auf die Idee geko—

»… eigentlich bei dir machen?« Mit einem gereizten Fingerschnippen durchbricht Elif meine Kontemplation. »Hallo! Hallo! Erde an Annika! Ich habe gerade schon dreimal gefragt, welche deiner Dienstleistungen dieser Ronny denn nun in Anspruch nimmt!«

Ich muss kurz blinzeln, um meine wuschigen Gedanken zu verscheuchen, ehe ich antworte. »Laser-Epilation«, sage ich lapidar, weil ich das SS-Motto-Tattoo keinesfalls erwähnen kann. Denn abgesehen davon, dass Ronny mir Schweigen auferlegt hat: Wenn Elif das wüsste, würde sie komplett durchdrehen.

»Haarentfernung?« Mit leicht offenstehendem Mund schüttelt sie den Kopf. »Echt jetzt? Haarentfernung? Ich hätte gedacht, solche Typen wie der stehen darauf, behaart zu sein wie ein Bär.«

»Da siehst du mal, wie du dich irren kannst.« Ich grinse vielsagend, ehe ich zur Ablenkung auf den Herd deute. »Ist das Essen eigentlich fertig? Ich verhungere hier nämlich gerade.«

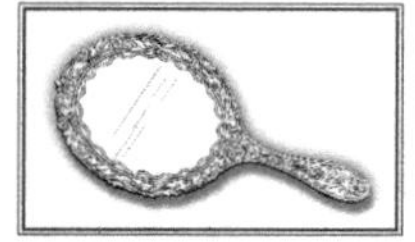

KAPITEL 12: LITTLE HOLLYWOOD
(ALLE FARBEN & JANIECK)

»Jetzt hab' ich komplett vergessen zu fragen, ob du Fisch magst«, bekennt Ronny zwei Wochen später und stellt die prall gefüllte Tragetasche gerade noch rechtzeitig auf dem Esstisch ab, bevor Finn ihn mit einem Jubelschrei fast über den Haufen rennt.

»Ich würde nicht behaupten, dass ich versessen auf Fisch bin«, gebe ich zu und versenke meine Nase in die Tüte, aus der köstlicher Duft entweicht. »Aber das hier riecht verdammt lecker!«

»Hee, hee, nicht so wild!« Ronny ringt spielerisch mit Finn, und ich rechne jeden Augenblick damit, dass die beiden sich über den Boden rollen, auf den Ronny sich gerade sinken lässt. »Hast du mich so vermisst, kleiner Zwerg?«

»Misst!«, ruft Finn und schlingt die Ärmchen um Ronnys Hals. »So misst!«

»Ich habe dich auch vermisst«, sagt Ronny und springt, mitsamt Finn auf dem Arm, vom Boden auf. »Von Donnerstag bis Dienstag ist aber auch be…sonders lang«, umschifft er den Kraftausdruck und blinzelt mir zu. »Soll ich deine Mama fragen, ob wir auf Montag, Mittwoch und Freitag wechseln sollen?«

»Du weißt schon, dass die Haut sich nach jeder Behandlung eine Woche lang regenerieren muss?«, wende ich ein und verteile Besteck und Servietten. Abgesehen davon ist Montag mein freier Tag.

»Natürlich. Aber bei siebzehn Buchstaben könnte ich wochentäglich kommen, es gäbe immer noch genügend Erholungspausen.« Er grinst und wuchtet Finn in den schnieken Kinderstuhl, den er neulich vorbeigebracht hat. Weil er ihn auf dem Sperrmüll stehen sah, hat er behauptet.

Dabei war noch das Preisschild aufgeklebt. Himmel! Veralbern kann er jemand anderen. Mich nicht!

»Für Finn hab' ich Chicken-Nuggets, Pommes und den Tomatensalat mitgebracht, den er so mag«, informiert mich Ronny, während er die Menüschalen verteilt. »Ist es Okay für dich, wenn ich ihn zumindest einen Bissen von den schlesischen Heringskartoffeln probieren lasse?«

Erstaunt sehe ich ihn an. Damit habe ich nicht gerechnet. Ich wäge einen Moment ab, dann nicke ich. »Das ist eine gute Idee! Dass ich da nicht drauf gekommen bin …«

Ronny grinst mich an. »Für irgendwas muss ich ja gut sein, Schneewittchen.«

›Idiot‹ forme ich lautlos mit den Lippen, klappe meine Menüschale auf und versinke erst einmal im Anblick der mit Käse überbackenen und mit Schnittlauchröllchen bestreuten Köstlichkeit. »Wie heißt das nochmal?«, will ich wissen, während ich die erste Gabel zum Mund jongliere und den Dampf wegpuste.

»Schlesische Heringskartoffeln«, erklärt Ronny und platziert eine kleine Menge auf dem Deckel der Aluschale, damit sie für Finn abkühlt. »Matjes und Pellkartoffeln in Béchamelsoße, gratiniert mit Käse.«

»Himmlisch«, bringe ich hervor, nachdem mir die Köstlichkeit des ersten Bissens auf der Zunge zergangen ist. »Hab' ich noch nie gegessen, aber das ist sowas von himmlisch!«

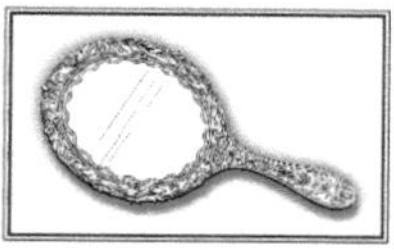

Eine Woche später checke ich irritiert die Uhr an meiner Kasse, während ich den Abschluss mache.

Es ist schon viertel nach sieben und von Ronny nach wie vor keine Spur.

›Nein, ich vermisse ihn nicht!‹, zische ich in Gedanken der spöttischen Stimme in meinem Kopf zu. ›Es ist nur so, dass ich nicht eingekauft habe, weil ich auf ihn und seine Menülieferung gezählt habe. Ja, ich weiß, dass ich mich dadurch von ihm abhängig mache!‹ Kann diese dumme Stimme nicht ihren Mund halten? Mir ist durchaus bewusst, dass ich das nicht sollte. Es ist nur so, dass …

»… mit der Tür helfen?«, ertönt in diesem Moment seine Stimme. »Schneewittchen? Huhu? Annika?«

»Komme gleich!« Rasch verstaue ich die Lade mit dem Wechselgeld in der Schublade unterm Tresen und schließe sie ab, während ich die Geldmappe mit den Tageseinnahmen in meine Handtasche stopfe. Dann rase ich förmlich durch den Salon und drücke die Tür für Ronny auf. »Da bin ich!« Verdutzt betrachte ich den Stapel von Vintage-Koffern, den er, gekrönt mit den Tüten vom Take-away, in den Händen jongliert. »Soll ich dir was abnehmen? Nein? Ich hab' dich übrigens gar nicht gehört«, bemerke ich, nachdem ich ihn reingelassen und neugierig rausgespäht habe.

»Denkst du, ich transportiere das alles auf der Harley?« Ronny feixt und lädt seine Last auf der Theke ab. »Nee, ich kann vieles, aber hexen gehört nicht dazu. Für meine Überraschung hab' ich den Ranger genommen.«

Das wird der gigantische Ford-Pick-up sein, den ich draußen gesehen habe, kombiniere ich und scanne die ›Überraschung‹.

»Was sagst du? Hat es dir die Sprache verschlagen?« Ronny grinst und lässt die Schlösser des obersten Koffers aufschnappen. »Schau mal rein.«

»Ein Laser?« Ich lese den auf Englisch gehaltenen Aufdruck von der Verpackung ab und übersetze im Kopf. »Speziell zur Entfernung von Tattoos?«

»Geil, oder?« Er holt den Karton raus und reißt die Folienumhüllung ab.

»Liegt da eine Bedienungsanleitung bei?«, will ich wissen. »Ich muss mich da erst einlesen. Und ob ich heute schon bereit bin, den einzusetzen, kann ich dir nicht versprechen!«

»Kein Stress!« Er klappt den Deckel des bestimmt aus den 50ern stammenden Koffers zu, nimmt den Kofferstapel hoch und schaut mit fragendem Blick umher. »Da!«, platzt es dann aus ihm heraus und er marschiert zielstrebig zum Eingangsbereich. »Genau dorthin gehören sie!«

»Tun sie das?«, frage ich, während ich ihm folge.

›Neugier ist der Katze Tod‹, flüstert die gehässige Stimme in meinem Kopf.

»Aber natürlich!« Ronny tritt zwei Schritte zurück und deutet auf den Kofferstapel, den er direkt am Fuß meines selbstgebastelten rustikalen Wegweisers aus Holz abgelegt hat, der die Richtung zu imaginären Orten wie ›Ruheoase‹, ›Naherholungsgebiet‹ und ›Entspannungsinsel‹ anzeigt. »Jetzt ist dein Entrée perfekt! Deine schrulligen Damen werden gleich ihre Koffer packen und hier einziehen wollen, so einladend, wie es jetzt ausschaut.«

»Ich habe keine schrulligen Damen unter meinen Kunden«, weise ich seine Behauptung zurück. »Aber es stimmt schon. Die Koffer sind irgendwie das Tüpfelchen auf dem I.« Wobei ich nie gedacht hätte, dass ein Typ wie Ronny sich für Inneneinrichtung und Dekoration interessiert.

Er reibt sich die Hände. »Ich hoffe, du hast ordentlich Hunger. Es gibt schlesische Maultaschen mit Sauerkraut-Pilz-Füllung.« Auf dem Weg zum Tresen, wo er die Tragetaschen abgestellt hat, sieht er mich fragend an. »Wo ist Finn? Alles Okay mit ihm?«

»Weil er dich ausnahmsweise mal nicht über den Haufen gerannt hat?« Lachend gehe ich Ronny voran ins Hinterzimmer und halte die Tür auf. »Er ist nur beschäftigt. Ich hab' gestern beim Secondhandladen eine ganze Kiste Duplosteine ergattert. Jetzt muss er nicht mehr jedes Mal rüber zu Elif gehen, damit Gözde ihm ihre leiht.«

»Und warum sagst du mir sowas nicht?« Ronnys Augen verengen sich zu Schlitzen, doch als Finn ihn entdeckt und mit einem Jubellaut begrüßt, rinnt eine Welle der Entspannung über sein Gesicht.

›Eben, weil ich mich nicht noch stärker von ihm abhängig machen will!‹, schmiere ich gedanklich der spitzzüngigen Stimme in meinem Kopf aufs Brot. Dann mache ich mich daran, den Tisch zu decken.

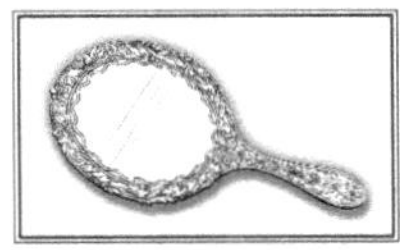

Eine dreiviertel Stunde später spüle ich das Besteck und die Gläser ab, während Ronny mit Finn noch ein paar Fingerspiele macht, bevor mein Sohn ins Bett muss.

»Kommt ein Mann die Treppe rauf«, sagt Ronny gerade und lässt den ›Mann‹ mit zwei Fingern im Takt der Silben über Finns Arm hinauf zu seiner Schulter laufen. »Klopft an.« Mit den Fingerknöcheln pocht er leicht an Finns Schädel, und mein Sohn giggelt erwartungsvoll. Dann streicht er Finns Haare zurück, packt ihn am Ohrläppchen. »Bimbam!«

Vor lauter Lachen fällt Finn fast von Ronnys Oberschenkeln, auf denen er rittlings sitzt.

»Guten Tag Herr Nasemann!« Zu diesen Worten tippt Ronny mit dem Zeigefinger auf Finns Nase.

»Finn auch!«, quiekt Finn, als er fertig gelacht hat. »Finn auch!«

»Soll ich es vorsprechen und du machst es mit den Fingern?«, schlägt Ronny vor und Finn nickt voller Begeisterung. »Also dann: Kommt ein Mann die Treppe rauf.«

Finn kichert und lässt seine Finger über Ronnys Arm nach oben marschieren.

»Klopft an.«

Während ich dabei zuschaue, wie Finn die Hand zur Faust ballt und wenig rücksichtsvoll an Ronnys Schädel hämmert, lenkt ein silbernes Blitzen meine Aufmerksamkeit auf sich.

»Oh, äh, Ronny?«, unterbreche ich ihr Spiel. »Ich störe ungern, aber …« Mist, wie soll ich das formulieren? »Dein Ohrring … Nimm ihn lieber ab.« Meine Ohrläppchen, die nicht grundlos seit einigen Jahren nackt bleiben, schmerzen bei der Erinnerung an das beherzte Zupacken meines Sohnes.

»Mein Ohrring?« Ronny streicht mit der einen Hand sein Haar zurück, während er mit der anderen Finns Hände einfängt. »Warum soll ich ihn abmachen?«

»Ich gebe es ungern zu, aber mein Sohn ist ziemlich … grobmotorisch. Ich will nicht, dass Blut fließt, weil Finn daran reißt.« Bei der Erwähnung von Blut fällt mir ein, dass Ronnys Lebenssaft schon einmal wegen Finn geflossen ist und ich beiße mir schuldbewusst auf die Lippe.

»Quatsch!« Ronny schnaubt ein Lachen heraus, und als er mit zwei Fingern den massiven Silberring packt und an ihm zieht, beginnt meine Klitoris mit Morsesignalen, die mich komplett wuschig machen.

Denn das ist kein dünner Durchsteckbügel, der da durch sein Fleisch führt! Stattdessen besteht der Ring aus einem runden, einheitlich vier bis fünf Millimeter dicken Reif.

Als Ronny nun daran zieht, öffnet sich oberhalb des Metalls ein kleiner Spalt in seinem Ohrläppchen, durch den ich hindurchsehen kann.

Und ich habe keine Ahnung warum, aber dieser Anblick veranlasst meine Klitoris, ihre SOS-Signale jetzt so hektisch an mein Gehirn zu morsen wie ein Funker auf Crystal Meth.

Mein Kopf reagiert mit wabernden Wattebäuschchen auf den Warnruf meines Intimbereichs, und ich muss mehrmals blinzeln, um meine Sinne zu klären.

»… los mit dir, Schneewittchen?«, müht sich eine Stimme durch all die Watte in meinem Hirn. »Hee, hee, Annika? Annika? Wird dir übel? Dein Gesicht ist knallrot und deine Augen …«

Ich nehme ein Fingerschnippen wahr, kann die dazugehörende Hand aber nicht scharfstellen.

»… sind total glasig.«

Jemand fasst mich am Ellenbogen, führt mich ein paar Schritte zur Seite und drängt mich auf einen Stuhl.

»Gottverdammte Scheiße, Annika!«

Zaghafte, bald kräftiger werdende Fingerstreiche treffen meine Wangen, und als ich mehrfach zwinkere, erkenne ich Ronnys sorgenvoll verzogenes Gesicht.

»Du wirst doch keine Lebensmittelvergiftung haben?« Seine Hände gleiten über meine Schultern und Arme hinab, umfassen meine Oberschenkel und drücken kurz, aber ermutigend zu. »Musst du kotzen?«

Ich wage es nicht, in mich zu fühlen, denn aufgrund seiner Berührungen muss mein Nervensystem jetzt komplett übergeschnappt sein. Weshalb sonst hätte ich das Gefühl von prickelnden Feuerwerksexplosionen überall dort, wo er mich angefasst hat? Nur mit größter Selbstbeherrschung bekomme ich ein Kopfschütteln zustande.

»Ich weiß nicht, ob ich das gut finden soll.« Ronny klingt nachdenklich. »Wenn du dich übergibst, bist du den Scheiß los.«

Beim Gedanken an Erbrechen schüttele ich den Kopf heftiger. »Auf keinen Fall«, bringe ich mit gepresster Stimme hervor. »Es gibt nichts Schlimmeres für mich als kotzen zu müssen!« Die Anfälle morgendlicher Übelkeit während meiner Schwangerschaft mit Finn haben mich an den Rand des Erträglichen gebracht.

»… kann dir ja schlecht den Finger in den Hals stecken«, brummt Ronny und seufzt. »Hast du irgendeinen Schnaps da? Whisky? Wodka? Obstler?«

Erneut bewege ich den Kopf horizontal. »Nur Rotwein.«

»Wo?« Abermals drücken mich seine Hände auf den Stuhl und mein Körper reagiert mit einem Brillantfeuerwerk auf seine Berührung. »Bleib sitzen!«, befiehlt er. »Ich finde ihn allein! Sitzen, ja?«

Ergeben nicke ich und frage mich, was um Himmels willen nur los sein kann mit mir. Das ist doch nicht normal!

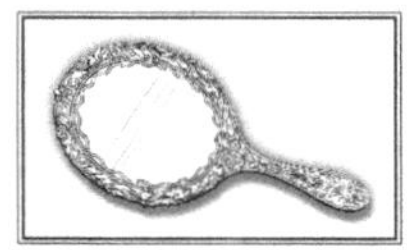

KAPITEL 13: BEAUTY IN FALLING LEAVES
(YOB)

Nachdem ich Annika gezwungen habe, zwei Gläser Rotwein zu trinken, macht sie einen erheblich besseren Eindruck auf mich. Nichtsdestotrotz bestehe ich darauf, dass sie sich auf einer der Behandlungsliegen in ihrem Studio ausstreckt, während ich Finn ins Bett bringe.

»Aber vergesst das Zähneputzen nicht!«, rebelliert sie mit schwacher Stimme. »Und gib mir bitte die Bedienungsanleitung vom neuen Laser.«

»Du, Schneewittchen, wirst heute nicht mehr arbeiten!«, bestimme ich. »Und bevor du Einwände wegen des Verdienstausfalls erhebst ...« Ich hole die Rolle mit den Hunderteuroscheinen aus der Hosentasche, zupfe einen heraus und stecke ihn ihr in den Ausschnitt. »Hier. Da ich das verdorbene Essen angeschleppt habe, steht dir natürlich Entschädigung zu.«

Sie sieht mich mit diesem Blick an, der verrät, dass es ihr nicht gefällt. Und zugleich doch. »Danke«, wispert sie. »Aber die Anleitung hätte ich trotzdem gern. Dann kann ich sie schon mal ganz in Ruhe studieren.«

»Hat dir schon mal jemand gesagt, dass du einen furchtbaren Dickschädel hast?« Mit einem Knurren stopfe ich die Decke rings um sie fest, ehe ich ihr das Verlangte reiche.

»Möglich.« Sie verzieht den Mund, sodass sich einseitig Grübchen bilden.

Gottverdammt! Das sieht zu niedlich aus!

Mit einem tiefen Atemzug kläre ich meine Gedanken und schnappe mir Finn, bevor der zu seiner Mutter rennen kann. Falls es sich doch um einen Virus und keine Lebensmittelvergiftung handelt, sollte er sich besser nicht anstecken. »Sag' deiner Mama Gute Nacht!«

»Nacht Mama!«, sagt der Junge und winkt Annika ganz brav zu, nur um sich umgehend mir zuzuwenden, nach dem Clicker Ring in meinem Ohr zu grapschen und daran zu ziehen. »Bimbam!«

»Himmel!«, quiekt Annika und schlägt sich die Hände vors Gesicht. »Ich sagte noch, zieh den Ohrring aus! Hat er dich jetzt doch verletzt?«

»Ich sagte dir, dass er das nicht kann.« Weil mein Ohrläppchen trotzdem ziemlich pocht, fange ich lieber Finns Hand ein, bevor er noch einmal ›klingeln‹ kann.

»Sicher?« Sie späht durch die gespreizten Finger, und als ich nicke, seufzt sie unüberhörbar. »Also gut. Gute Nacht, Finn.«

Ich mustere sie noch einmal skeptisch, bevor ich mit Finn ins Hinterzimmer gehe. Was ist nur los mit ihr?

Als ich nach fünf vorgelesenen Geschichten – vorher wollte Finn um keinen Preis einschlafen, obwohl ihm zwischendurch die Augen zufielen – rüber ins Studio gehe, ist auch Annika eingenickt. Die Hand mit der Bedienungsanleitung lässig über den Bauch drapiert.

Eine seltsame Wärme breitet sich in meiner Brust aus, als ich Annika betrachte.

Der Tag kommt mir in den Sinn, als ich sie damals zum Abkassieren der Versicherungsprämie aufgesucht habe, weil meine Männer vor einem Schneewittchen kapituliert hatten.

Ich grinse verhalten beim Gedanken daran, wie sie mein Entgegenkommen in den falschen Hals bekommen hat.

›Was sonst soll ›in Naturalien abarbeiten‹ bedeuten?‹, hat sie mich angefaucht, ehe ihr Blick sich fast an meinen Augen festsaugte. ›Sie wollen …? Ich soll …?‹ Wortlos fuchtelte sie mit dem Finger zwischen uns hin und her. ›Sie möchten, dass wir beide …‹ Das nächste – unhörbare – Wort musste ich ihr von den Lippen ablesen. ›… *Sex* miteinander haben?‹

Gottverdammt! Ich spüre, wie ich hart werde. Wahrscheinlich werde ich diese Szene mein Leben lang nicht vergessen. Wobei: Was heißt ›wahrscheinlich‹? Ganz bestimmt werde ich mich bis an mein Lebensende daran erinnern, wie sich ihre blutroten Lippen bewegten, als sie jenes Wort lautlos formte.

Natürlich habe ich damals behauptet, dass ich nicht das Verlangen verspürte, mich in ihr zu vergraben und von ihrer märchenhaften Anmut Besitz zu ergreifen. Aber soll ich ehrlich sein? Gottverdammt! Es kann keinen Mann geben, der dieses Schneewittchen von der Bettkante stößt.

Mit ihrem natürlichen, geradezu unschuldigen Sexappeal würde Annika sogar eingefleischte Schwule bekehren, da gehe ich jede Wette ein.

Während ich jedes Detail ihrer ungekünstelten Schönheit in mich aufnehme, gehen meine Gedanken auf Wanderschaft. Ist es nicht seltsam, dass ich geradezu danach hungere, mich um Annika und Finn zu kümmern? Obwohl ich mich normalerweise – und natürlich nur im Stillen – gar nicht bitter genug darüber beschweren kann, dass mir meine Verpflichtungen für den Club, die *Sons* und deren Familien zur Last fällt? Und ausgerechnet ich lade mir jetzt eine Verantwortung für diese Frau und ihren Sohn auf? Was stimmt nicht mit mir? Irgendetwas in mir muss ziemlich heftig kaputtgegangen sein, denn weshalb sonst löst die Vorstellung, mit Haut und Haar für dieses Schneewittchen und ihren Zwerg einzustehen, solch ein geradezu beglückendes Gefühl in mir aus?

»Ronny?« Sie blinzelt, sieht mich voller Verwirrung an. »Bin ich eingeschlafen? Wie spät ist es? Was machst du noch hier?«

»Punkt eins: Ja. Punkt zwei …« Mit der Rechten hole ich mein Handy aus der Arschtasche und checke die Uhrzeit. »Zwanzig nach neun. Punkt drei …« Ich betrachte die schmale Liege, auf der sie ruht, mit einem skeptischen Blick. »Bin ich nicht sicher, ob du da heute Nacht beim Umdrehen nicht runterfällst.«

»Mhm.« Sie schmatzt, gähnt, reibt sich die Augen. »Leider kann ich da schlecht widersprechen. Danke, dass du mich aufgeweckt hast.« Dann streckt sie sich und schaut zur Tür zum Hinterzimmer. »Schläft Finn schon lang?«

»Drei, vier Minuten«, schätze ich. »Warum?«

Sie schwingt die Beine von der Liege und beginnt, die Decke zusammenzufalten. »Dann warte ich lieber noch ein bisschen, bevor ich ins Bett gehe. Nicht, dass er aufwacht.«

»Das macht Sinn.« Ich schnappe mir den Rollhocker, der neben der Liege steht und lasse mich darauf nieder.

»Das hier …« Sie starrt mich mit schräg gelegtem Kopf an. »… aber nicht.«

»Natürlich macht es Sinn, dass ich noch so lange bleibe«, widerspreche ich. »Warum sollte ich dich die Zeit allein totschlagen lassen?«

Hinter ihrer Stirn arbeitet es sichtlich, ihre Augenbrauen schieben sich aufeinander zu und sie presst ihre schön geschwungenen Lippen fest aufeinander. »Aber: Warum? Warum möchtest du Zeit mit mir verbringen? Und warum …« Ihre Brust hebt sich, als sie tief Atem holt. »Warum gibst du mir Geld, damit ich das Schutzgeld für deine Bande bezahlen kann?«

»Komm schon …« Ich beschließe, ihre erste Frage zu übergehen. »Du weißt ganz genau, dass ich dieses Tattoo lieber gestern als morgen los sein will.«

Interesse blitzt in ihren Augen auf. »Wieso hast du es dann überhaupt stechen lassen?«

Ein berechtigter Einwand. Ich seufze, ehe ich zu einer Antwort ansetze. »Beim Aufnahmeritual hat man kein Mitspracherecht übers Motiv.« Für den nächsten Satz muss ich innerlich ein bisschen Anlauf nehmen. »Ehrlich gesagt, hat mich die Auswahl, die mein Vater getroffen hatte, doch ziemlich geschockt, als ich das frische Tattoo nach dem Stechen im Spiegel betrachtet habe.« Damit hatte mein alter Herr meinen Tendenzen, meine Freizeit abseits der *Sons* zu verbringen, ein äußerst effektives Ende gesetzt. Denn mit einem SS-Spruch auf dem Rücken waren Badesee, Schwimmbad und Sport überhaupt für mich natürlich gestorben.

»Himmel! Das ist ja entsetzlich!« Annika reißt die Augen auf. »Darf ich … Darf ich fragen, wie alt du warst?«

»Vierzehn.« Ich verziehe das Gesicht. Vierundzwanzig Jahre ist das jetzt her – ungefähr so lange, wie Annika alt ist. Gottverdammt, sie ist so jung! So jung, so rein, so … nicht für mich vorgesehen!

Meine Gedankengänge wühlen mich auf, und ich stoße sie von mir wie den Gegner beim Boxkampf, um den nötigen Freiraum für den Siegtreffer zu bekommen.

»Da wir schon von den Sünden der Vergangenheit sprechen«, hole ich für den entscheidenden Schlag aus. »Was ist mit Finns Vater?«

Sie lacht bitter. »Er hat keinen.«

Ich runzele die Stirn. Wurde sie … vergewaltigt? Eine Samenspende kann ich mir angesichts ihres jungen Alters absolut nicht vorstellen.

Mit einem tiefen Atemzug muss sie die Emotionen beruhigen, die sie offensichtlich aus dem Gleichgewicht gebracht haben. »Ich habe Nico nicht als Vater angegeben«, bricht es schließlich aus ihr heraus. »Mechthild hatte mir schon vor der Entbindung geraten, die Vaterschaft nicht bekanntzugeben, damit Finn sein Leben unbelastet von dem Schuldenberg beginnen kann, den sein Erzeuger hinterließ.«

Was zur Hölle? Aber Stück für Stück erfahre ich alles.

Angefangen mit ihrer Kindheit im Heim über ihre Beziehung zu Nico, in dem sie einen Seelenverwandten gefunden zu haben glaubte, bis hin zur freudigen Überraschung in Form eines positiven Tests. Das abrupte Ende ihres gemeinsamen Glücks durch seinen finanziellen und seelischen Bankrott und schließlich der Auftritt von Annikas rettendem Engel: Mechthild.

Da Annika sich sichtlich unwohl fühlt, als ich nachfrage, was aus ihrer mütterlichen Freundin geworden ist, wechsele ich das Thema zurück zum Ausgangspunkt unseres Gesprächs: ihrem Sohn. »Und jetzt ist dieser vaterlose Finn also – wen wundert's – ein komplettes Abziehbild seiner zappeligen Mutter?«, locke ich sie aus der Reserve.

»Ich bin nicht zappelig!«, behauptet sie und verschlingt die Finger ihrer Hände ineinander, die bereits die ganze Zeit unaufhörlich mit der Decke auf ihrem Schoß spielen.

»Überhaupt nicht.« Ich grinse nur. Dann lehne ich mich vor und streiche ihr das lange, schwarze Haar aus dem Gesicht.

Angesichts der Berührung zuckt sie kurz zurück, ehe sie sich entspannt.

»Hat er beim Zerren an deinen Ohrringen denn großen Schaden angerichtet?«, frage ich und während ich die Strähnen hinter ihr Ohr stecke, wird mir bewusst, dass sie die Ohren unter ihrem Haar geradezu versteckt.

»Weiß nicht …« Einen Moment lang versteift sie sich, als ob sie vor mir zurückweichen möchte. Dann gibt sie sich einen Ruck. »Ich hab' jedes Mal geblutet wie ein Schwein.«

»Jedes Mal?« Ich verspüre ein schwer zu beschreibendes Gefühl, als ich sie am Kinn fasse und ihren Kopf drehe, damit ich mir auch das andere Ohr ansehen kann.

»Jedes Mal.« Ihre Atmung beschleunigt sich, als ich mit zwei Fingern ihr Ohrläppchen fasse und leicht daran ziehe, damit ich die Narbe einschätzen kann. »Was glaubst du denn, warum ich keine Ohrringe mehr trage? Warum ich alle auf dem Flohmarkt vertickt habe?« Sie seufzt. »Gut, es war eh nur Modeschmuck, und ich brauchte das Geld. Aber trotzdem.«

»Mhm.« Ganz beiläufig, als sei die Bewegung unabsichtlich, lasse ich ihr Ohr los und fasse sie um den Nacken, während ich ihr unablässig in die Augen sehe.

Ihr Körper reagiert sofort. Pupillen, so tief und schwarz wie ein Schlund am Meeresgrund, verschlingen das mit Gold gesprenkelte Grün.

Um eine ausdruckslose Miene bemüht, genieße ich die Wirkung, die meine Berührung auf sie hat. Die Macht, die ich über sie habe. »Mhm«, wiederhole ich. »Ich glaube, ich könnte mir da eine Lösung vorstellen …

«

Kapitel 14: Maybe You're The Problem
(Ava Max)

Erfreulicherweise hat Ronny bei seinem nächsten Termin letzte Woche weder meinen emotionalen Aufruhr in Verbindung mit komplettem körperlichem Knockout erwähnt noch seine ›Lösung‹. Was auch immer er sich da auch ausgedacht haben mag.

Die spitzzüngige Stimme in meinem Kopf trifft hingegen den Nagel mit unerfreulicher Präzision auf den Kopf, wenn sie auf penetrante Weise stichelt, dass ich demnächst wohl noch platze, wenn ich nicht bald erfahre, worin Ronnys ›Lösung‹ besteht.

Aber zum Glück steht der erste Adventssonntag vor der Tür und in meiner spärlichen Freizeit finde ich Ablenkung genug beim Basteln von jahreszeitlicher Dekoration.

…, wenn Finn mich nur werkeln lässt und nicht mit den Kiefernzapfen Fußball spielt, die Elif und ich mit den Kindern im verwilderten Park der abbruchreifen Fabrikantenvilla gesammelt haben.

»Jetzt ist aber Schluss!«, rufe ich voller Nachdruck, als ein Kiefernzapfen mich am Kopf trifft. Ich springe auf, doch ehe ich ihn an der Hand zu fassen bekomme, ist mein Sohn schon zur Hintertür gerannt und streckt sich, um die Klinke zu erreichen. »Nein!«, schreie ich und beobachte fassungslos, wie die Tür nach außen aufschwingt. »Bleib stehen! Du rennst jetzt ni—!«

»Hee, hee.« Eine dunkle Stimme ertönt, während sich die Türöffnung verdunkelt. »Was geht hier ab?« Lachend, Finn wie ein Paket unter den Arm geklemmt, kommt Ronny herein.

»Ronny, Ronny, Ronny!«, jubelt mein Sohn, als Ronny ihn auf dem Boden abstellt. »Ronnysda!«

»Ronny?« Ich muss blinzeln. »Was machst du hier? Dein Termin ist erst morgen. Montags hab' ich frei.«

»Das hab' ich auch festgestellt, als ich vor der verschlossenen Tür zu deinem Studio stand.« Ronny drückt mir ein in weihnachtliches Geschenkpapier gehülltes Paket in die Hand und schnappt sich Finn, um den in die Luft zu werfen. »Aber zum Glück …« Er atmet heftig, während er meinen Sohn wieder und wieder bis fast an die Decke hochschleudert – und glücklicherweise sicher auffängt. »… hab' ich mich an deinen Hintereingang erinnert!«

Ein unerklärlicher Schauder rinnt mir über den Rücken, als er das sagt.

›Gib's zu, du fürchtest dich vor ihm‹, raunt die kritische Stimme in meinem Hinterkopf.

›Quatsch!‹, fahre ich ihr über den Mund. ›So gut wie alle Ladengeschäfte verfügen über eine Hintertür.‹

›Du verteidigst ihn?‹, spottet die Stimme voller Sarkasmus. ›Sind wir schon so weit? Begibst du dich erneut in Abhängigkeit von einem angeblich starken Mann? Schon wieder?‹

Mit einem Schnauben nehme ich Anlauf, um der Stimme klarzumachen, dass es sich mit Nico damals ganz anders verhielt. Ja, mit fast sechs Jahren war er ein gutes Stück älter als ich. Und als der allseits bewunderte DJ und frisch gebackene Clubbesitzer sein Auge ausgerechnet auf mich von allen Mädels auf der Tanzfläche warf, schrillte zunächst eine

Alarmglocke in meinem Kopf auf. Die verstummte aber rasch, als sich *DJ Dead Angus* als jener Nico entpuppte, der die verschüchterte Annika damals im Kinderheim vor den mobbenden Haterinnen geschützt und ihr die Grundlagen der Selbstverteidigung gelehrt hatte …

»Annika?« Ronnys Stimme reißt mich aus meinem Gedankenkarussell. »Hallo, Schneewittchen? Alles in Ordnung mit dir? Du siehst plötzlich wieder so … Ich weiß auch nicht, wie ich das beschreiben soll … Du siehst so … komisch aus.«

»Ach, ich sehe komisch aus?« Ich entscheide mich zur verbalen Vorwärtsverteidigung statt eines defensiven Rückzugs. »Gut, dann möchte ich mal sehen, wie du aussehen würdest, wenn ich dich ständig ›Biest‹ nennen würde, in Anlehnung an ›Die Schöne und das Biest‹. Oder ›Ork‹, weil du hier auftrittst wie ein der dunklen Seite der Macht verfallener Elf?«

»Hee, hee, hee!« Ronny hebt die Hände und macht beschwichtigende Gesten. »Ganz ruhig, Annika. Wenn du nicht möchtest, dass ich dich Schneewittchen nenne, sag’ es mir einfach! Kein Grund, sich aufzuregen. Dein Wunsch …« Seine dunklen Herzkirschenaugen saugen sich an meinen fest. »… ist mein Befehl. Wusstest du das nicht?«

»Das wüsste ich aber, dass mein Wunsch dein Befehl ist«, zische ich ihm mit unterdrückter Lautstärke zu, weil Finn schon argwöhnisch zwischen uns hin und her schaut. »Eventuell erinnerst du dich daran, dass ich kein Schutzgeld zahlen wollte?«

»Versicherungsprämie«, korrigiert er und verzieht sein Gesicht zu etwas, das wohl Schuldbewusstsein ausdrücken soll. »Wir bieten Versicherungen an gegen alle möglichen Arten von Schäden.« Dann flackert ein spitzbübisches Blitzen in seinem Augenwinkel auf. »Versicherungen, die im Übrigen als Einzige auf dem Markt Schäden verhindern, statt sie nur zu beheben.«

»Ja«, fauche ich. »Aus dem einfachen Grund, weil ihr selbst für die Schäden verantwortlich seid, die bei jenen eintreten, die eure ›Versicherung‹ ablehnen. Himmel! Ich musste mich fast übergeben, als dein ›Mitarbeiter‹ mir das Video vom armen Bruder des griechischen Wirts gezeigt hat.«

»Schwager, nicht Bruder«, berichtigt Ronny mich. »Und ich weiß jetzt, wie sehr Erbrechen dir zu schaffen macht. Es tut mir wirklich leid, dass man dir das zugemutet hat.«

»Es tut dir leid?« Ich fasse es nicht, was er da behauptet.

»Ja, es tut mir leid. Und wenn du dich damit besser fühlst, dann können wir die Scharade bleiben lassen.«

Welche Scharade? Was meint er?

»Es macht wirklich keinen Sinn, dir zuerst Geld fürs Lasern zu geben, um dir dann die Hälfte wieder abzunehmen. Ich zahle dir zukünftig fünfundsiebzig Euro pro Termin und begleiche deine Versicherungsprämie aus meiner Tasche.«

Damit nehme ich mehr Geld ein, stelle ich nach kurzem Überschlagen im Kopf fest. Ob ihm das bewusst ist? Ein prüfender Blick auf seine allzu selbstzufriedene Visage räumt jeden Verdacht aus. Er macht das vorsätzlich!

»Gut, nachdem das geklärt wäre, …« Er grinst mich an. »… sollten wir uns erbaulicheren Themen zuwenden. Das Geschenk.« Auffordernd deutet er auf das Päckchen, das ich nach wie vor wie einen Schutzschild an meine Brust presse.

Komplett verdattert händige ich es ihm aus, woraufhin er sich vor Finn aufs Knie sinken lässt. »Hier, für dich.«

Mein Sohn lässt sich nicht zweimal bitten und reißt mit leuchtenden Augen das Geschenkpapier ab.

»Eine Packung Duplosteine?«, kommentiere ich das natürlich ladenneue Geschenk. »Einfach so? Ohne Anlass?«

»Wer behauptet, dass es keinen Anlass gibt?« Ronny setzt diesen Blick auf (den mit den hochgezogenen Augenbrauen und der dreisten Selbstsicherheit), der die skeptische Stimme in meinem Kopf zum Hyperventilieren bringt – und meine Klitoris zum Hochleistungsmorsen. »Ich habe Geburtstag.« Er klatscht in die Hände. »Hopp, hopp! Schnapp dir passende Klamotten und mach dich im Studio ausgehfein, während ich Finn hier etwas Vorzeigbares anziehe. Wir gehen Essen!«

Erbost darüber, dass er mir Anweisungen erteilt, als wäre ich sein Schoßhündchen, reiße ich beim Anziehen fast eine Laufmasche in die selten benutzte Feinstrumpfhose.

›Solltest du nicht eher wütend auf dich sein, weil du freudig über jedes Stöckchen springst, das er dir hinhält?‹, bemerkt die bissige Stimme in meinem Kopf, während ich das schwarze Mini-Stretchkleid mit Ärmeln und Rückeneinsätzen aus transparentem Stoff über den Kopf stülpe, das von meinem übersichtlichen Kleiderschrank am ehesten als ausgehfein durchgeht.

Ich will der nörgeligen Tante in meinem Kopf gerade die passende Antwort geben, als es an der Verbindungstür zwischen Studio und Hinterzimmer klopft.

»Kann ich reinkommen?«, fragt Ronnys ebenso raue wie tiefe Stimme.

»Klar!«, rufe ich und zupfe den Saum über die Oberschenkel hinab. War das Kleid immer schon so skandalös kurz oder ist es beim Waschen eingegangen?

»Wow.« Ronny bleibt auf der Schwelle stehen, scannt mich von Kopf bis Fuß. Fehlt nur noch, dass er anerkennend pfeift.

Himmel! Wieso habe ich nicht behauptet, nur Jeans und Yoga-Pants zu besitzen? Meine Klitoris trillert angesichts seines besitzergreifenden Blicks wahre Jubelarien auf der Morsetaste. Moment mal, besitzergreifend? Ich schaue genauer in sein Gesicht und ja: Der Ausdruck ist schwer misszuverstehen.

»Finn beschäftigt sich brav mit den Duplosteinen«, sagt er beim Näherkommen und ebenso panisch wie vergeblich suche ich nach einem Fluchtweg. »Ich dachte, ich nutze die Gelegenheit, um auch seiner wunderschönen Mutter eine Kleinigkeit zu überreichen.« Seine warmen Finger greifen nach meiner Hand, drehen sie um und legen ein schwarzes Samtsäckchen hinein.

Das Blut rauscht in meinen Ohren, während ich das Präsent in meiner Hand wiege. Was, wenn da ein Verlobungsring drinsteckt? Größe und Gewicht würden passen. Ich spüre, wie Galle in meinem Hals hochsteigt, und schlucke mehrfach. Wobei das nicht sein kann. Oder? Ich meine: Wer verlobt sich, ohne dass eine Beziehung besteht? Also nicht nur eine geschäftliche oder freundschaftliche Beziehung, sondern eine, die die Benutzung des Betts … Himmel! Annika! Hör auf, an sowas zu denken!

»Nicht so schüchtern«, raunt er und als er sich vorbeugt, um das Säckchen zu öffnen und seinen Inhalt auf meine Handfläche gleiten zu lassen, umfängt mich seine Duftmischung aus herbem Herrenduft, Benzin und kaltem Zigarettenrauch.

Eigentlich bis aufs Erste nichts wofür ich mich normalerweise begeistern könnte. Aber was ist schon noch normal mit mir?

»Ich habe nicht vergessen, dass ich dir eine Lösung versprochen habe«, kommentiert er die ebenso schlichten wie geschmackvollen Creolen mit knapp zwei Zentimeter Durchmesser auf meiner Handfläche. »Der Juwelier brauchte nur etwas Zeit fürs Vergolden.«

Da mir die Worte fehlen, breitet sich das Schweigen zwischen uns aus wie übelriechender Abfall aus einem geplatzten Müllbeutel.

»Meiner Meinung nach passt Roségold am besten zu deinem Schnee—« Ertappt verschluckt er den Rest des Wortes. »… zu deinem makellosen Teint, meinte ich.«

»Ja?« Himmel! Sonst bin ich doch nicht auf den Mund gefallen! Wieso piepse ich nur herum wie eine hilflose Maus in den Krallen einer Katze? … oder vielmehr denen eines Katers, der mich fixiert wie einen ebenso köstlichen wie seltenen Singvogel, den er jeden Moment verschlingt?

»Darf ich dir helfen?« Ohne auf meine Antwort zu warten, greift Ronny sich die Flasche mit dem Epilationsgel vom Regal neben uns und gibt einen Klacks auf seine Finger.

Gebannt beobachte ich, wie er den – beängstigend massiven – Durchsteckbügel eines Ohrrings benetzt. Dann spüre ich, wie er mir mein Haar mit dem kleinen Finger hinters Ohr streicht und den Rest des Gels auf meinem Ohrläppchen verteilt. Keine Ahnung, woran es liegt, aber sein Vorgehen hat mich in eine Starre versetzt. Ich bin weder in der Lage etwas zu sagen, noch mich zu bewegen. Himmel! Ich bringe es kaum fertig zu atmen!

»Es kann sein, dass es etwas wehtut, falls ich mich verschätzt habe.« Seine Stimme verstärkt die Hypnose noch, die er auf mich gelegt hat. »Einatmen.«

Ich komme kaum dazu, seinen Befehl zu befolgen, da registriere ich schon, wie er – wie schon einmal – behutsam an meinem Ohrläppchen zieht …

»Ausatmen.«

… und das Metall dann erbarmungslos gegen den Widerstand des Narbengewebes durch mein Ohrloch schiebt. Schmerz flammt in tausend Funken auf und ruft ein ebenso verstörendes wie berauschendes Brillantfeuerwerk zwischen meinen Beinen hervor.

Ich höre, wie ich keuche, und im nächsten Moment Ronnys Frage, ob ich bereit bin. ›Bereit für was?‹, will ich fragen. Da spüre ich schon kühles Gel und warme Finger an meinem anderen Ohr, und als er den zweiten Ohrring anbringt, tut es zwar weniger weh, aber meine Klitoris jubiliert fast genauso ekstatisch.

»Siehst du? Schon geschafft.« Ronny schnippt mit dem Finger gegen das Metall, und das Schwingen, das er damit auslöst, steigert das leichte Pochen in meinem Ohr zu einem Trommelwirbel. Dann kniet er sich wortlos hin und hilft mir in meine einzigen Absatzschuhe.

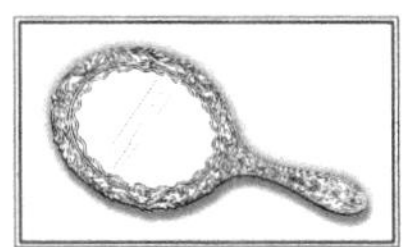

Kapitel 15: Intoxicated
(Martin Solveig & GTA)

Gut zwei Stunden später lehne ich mich seufzend zurück, als die dralle Wirtin des Restaurants mit dem ulkigen Namen *Rübezahlschänke* unsere Teller abräumt.

In der Ecke der Bank, auf der Ronny und ich sitzen, hat Finn sich eingerollt wie ein Kätzchen und schläft. Er hat schon nach der Wildkraftbrühe mit feinen Nudeln und der Hirschterrine mit Steinpilzen schlapp gemacht, die man uns als Vorspeise und Zwischengang aufgetischt hat.

Die Hirschmedaillons, der Rehrücken und die Wildschweinrouladen, die anschließend mit geschmortem Rotkohl, schlesischen Klößen, Preiselbeeren-Gelee und geschmorten Äpfeln serviert wurden, schmeckten so köstlich, dass ich kein Fitzelchen übriglassen konnte – weshalb jetzt der Bund meiner Feinstrumpfhose unangenehm in der Taille zwickt.

Ronny grinst verhalten zu meinem Versuch, den Hosenbund durch mein Kleid hindurch an eine angenehmere Stelle zu verschieben. »Die Toilette ist dort drüben«, informiert er mich mit einem Kopfneigen. »Möchtest du zum Abschluss ein Stück Kuchen? Die Wirtin backt selbst, jede Sorte ist ein absoluter Genuss.«

»Das glaube ich gern.« Etwas ungelenk schiebe ich mich zwischen Bank und Tisch hinaus. »Aber jetzt noch einen Kuchen? Nein, dann platze ich!«

Ronny lacht, und als ich mich zu ihm umdrehe, ertappe ich ihn dabei, wie er mir schamlos auf den Hintern schaut.

Wobei: Was heißt ›ertappen‹? Es scheint ihm größtes Vergnügen zu bereiten, dass ich es bemerkt habe, denn mit einem selbstgefälligen Grinsen macht er ein Handyfoto von mir! Da mir nichts Schlagfertiges einfällt, klemme ich meine Handtasche voller Nachdruck unter den Arm und strebe die Nasszellen an.

★★★

Nachdem ich mich erleichtert und den Bund der Feinstrumpfhose neu platziert habe, schaut mich beim Händewaschen eine junge Frau aus dem Spiegel an, die mir völlig fremd erscheint, obwohl ich die Gesichtszüge auswendig kenne.

Als wäre ich wirklich ein Schneewittchen, als das Ronny mich so penetrant bezeichnet hat, bis mir heute der Kragen geplatzt ist, schimmert es Rot wie Apfelbäckchen auf meinen Wangen. Meine Pupillen haben sich in verräterischer Weise über das Grün meiner Augen hergemacht, als hätte ich gerade das Mordkomplott meiner königlichen Stiefmutter gegen mich entdeckt. Und sogar meine Haare sehen so verstrubbelt aus wie nach einer kopflosen Flucht über sieben Berge.

Ich glätte mein Haar notdürftig mit den Fingern, halte dann die Hände so lange unters kalte Wasser, wie ich es aushalte. Anschließend presse ich sie auf mein glühendes Gesicht.

Nachdem ich das ein paarmal wiederholt habe, ähnelt mir das Spiegelbild wieder etwas mehr. Ich atme tief durch, versuche, mich gegen den Gefühlsorkan zu wappnen, den Ronny in mir auslöst, und gehe zurück in den Gastraum.

Ein Lächeln spielt um seine Augen, als er mir entgegensieht, und ich spüre an der Hitze, die mir in die Wangen schießt, dass er damit alle meine Bemühungen am WC-Waschbecken zunichtemacht.

Ich versuche, einen möglichst neutralen Gesichtsausdruck aufzusetzen. Und beim Weiterlaufen nicht über meine eigenen Füße zu stolpern, weil meine Knie plötzlich schwammig geworden sind.

»Die Wirtin war untröstlich, dass du kein Dessert nimmst«, informiert er mich und steht auf. »Damit sie dir beim nächsten Besuch keinen vergifteten Apfelkuchen vorsetzt, hab' ich sie gebeten, eine Auswahl einzupacken.« Er schiebt ein beeindruckendes, in Alufolie gehülltes Paket zu mir rüber und nimmt Finn auf den Arm, der im Schlaf leise grunzt.

»Gehen wir?«, frage ich einfallslos das Offensichtliche. »Hast du schon gezahlt, während ich auf Toilette war?«

Es blitzt spitzbübisch in seinen Augen auf. »Du warst so lange verschwunden, ich war kurz davor, einen Suchtrupp loszuschicken. Genug getrödelt. Los geht's.« Mit einer Kopfbewegung deutet er auf die Tür – und verpasst mir zum zweiten Mal seit unserem Kennenlernen einen Klaps auf den Po.

Doch während seine Geste damals auf dem dunklen Supermarktparkplatz meinen Körper zur massenhaften Ausschüttung von Angsthormonen veranlasste, sprudeln jetzt ganz andere Botenstoffe durch meine Adern. Solche, die meine Haut prickeln lassen, dort wo er mich berührt hat, und die meine Klitoris umgehend ans Morsegerät beordern, um Notrufe abzusetzen.

Wütend über den Verrat meines Körpers schnappe ich mir das Kuchenpaket und setze mich in Bewegung, bevor Ronny mich am Ende noch kneift!

Zwanzig Minuten später legt Ronny meinen immer noch schlafenden Sohn in dessen Bett und breitet behutsam die Decke über ihm aus. Als er sich wiederaufrichtet und sich zu mir umdreht, bleibt sein Blick einen Sekundenbruchteil zu lang auf meiner Luftmatratze hängen, ehe er mit der Hand zur Hintertür weist. »Ich sollte gehen, es ist spät geworden. Und morgen früh musst du zeitig raus.«

»Ja, der erste Arbeitstag der Woche«, antworte ich lahm, während ich ihm zum Ausgang folge.

»Mit dem Highlight, dass du vor dem Feierabend niemand anderen als mich verarzten darfst.« Ronny lacht leise und dreht sich draußen vor der Tür noch einmal zu mir um. »Ich … Ich wollte mich bei dir bedanken. Ich weiß, dass ich dich ziemlich … überrumpelt hab' mit meiner Einladung. Man könnte fast sagen, dich entführt.« Er fährt sich mit den Fingern durchs Haar, ehe er mich mit einem veränderten, sehr ernsten Gesichtsausdruck ansieht. »Vielen Dank, Annika. Der Abend heute …« Er atmet hör- und sichtbar tief ein. »Das war der schönste Geburtstag seit … langem.«

»Dabei hatte ich nicht einmal ein Geschenk für dich«, plappere ich fahrig, weil sein intensiver Blick mich geradezu in ihn saugt.

»Sag' das nicht.« Er hebt die Hand, streicht mir eine Haarsträhne aus dem Gesicht und lässt die Hand auf meiner Wange ruhen, während er noch tiefer in meine Augen taucht.

Der Herzschlag wummert in meinem Hals, denn seine Finger brennen förmlich auf meiner Haut.

Was wird er jetzt tun? Wird er mich küssen? Und – Ich muss mir diese Frage stellen, obwohl meine Klitoris schon schrill ihre Zustimmung morst – werde ich das zulassen?

»Gute Nacht, Annika«, sagt er schließlich ganz weich und als er seine Hand sinken lässt, fühlt sich meine Wange an, als hätte jemand dort die Zuckerpaste des Brazilian Waxings mit einem herzhaften Ruck abgerissen. »Schlaf gut. Bis morgen.«

»Bis morgen«, bekomme ich irgendwie raus und sehe ihm hinterher, bis er den auf dem Hof geparkten Pick-up erreicht. Dann schlage ich die Tür zu und lehne mich heftig atmend von innen dagegen.

Himmel! Was ist bloß los mit mir?

»Annika«, raunt eine ebenso raue wie tiefe Stimme, die nach viel Schnaps und noch mehr Zigaretten klingt. »Oh, Annika.«

Warme Hände streichen über meinen nackten Leib, hinab über die Oberschenkel und hinauf über Bauch und Brustkorb bis zu meinem Busen.

Seufzend wölbe ich meinen Rücken zu einer Brücke hoch, biete den kundigen Händen meine Brüste an.

»Was haben wir denn da?«, fragt die Stimme mit einem belustigten Unterton, ehe sich jeweils eine Hand um meine Fülle legt. »Eine perfekte Handvoll. Gerade so, als wären deine Titten für mich gemacht worden.«

Die derbe Wortwahl sollte mich abstoßen, aber meine Klitoris morst ihre Kapitulationserklärung mit solch einer Vehemenz, dass ich die Beine zusammenpresse, um sie zum Schweigen zu bringen.

»Perfektion«, haucht die Stimme, im nächsten Moment streichen überraschend weiche Barthaare über meine Haut und …

»Argh!« Ich schreie Schmerz und Überraschung gleichermaßen heraus, als Zähne sich in meine Mamille graben.

»Magst du das?«, fragt die Stimme, während eine der Hände meine Brust loslässt und zwischen meine Beine abtaucht. »Oh ja, und wie du das magst«, stellt sie mit einem leisen Lachen fest. »Schau nur, wie feucht du bist … Fehlt nicht viel, und du fängst an zu tropfen …«

Ein Finger taucht in meine Scheide ab, während der Daumenballen wie zufällig Druck auf meine Klitoris ausübt.

Ich höre, wie ich keuche, und ohne mein Zutun hebt sich mein Becken ihm entgegen.

»Willst du das? Ja?« Ein Knie schiebt sich zwischen meine Oberschenkel, ein zweites verbreitert den Spalt und spreizt sie. Abermals streichen Barthaare über meine Brust, doch statt erneut zuzubeißen, küssen zarte Lippen meine Brustwarze, um erst an der einen, dann an der anderen spielerisch zu saugen.

Meine Hände irren suchend nach Halt umher und bekommen Oberarme zu fassen, wo sich unter glatter Haut harte Muskelstränge bewegen.

Ich packe hart zu, vergrabe meine Fingernägel in das Fleisch, was mit leckendem Necken an meiner Mamille beantwortet wird.

Dann spreizen die Knie meine Beine noch mehr. Die samtige Haut eines männlichen Glieds gleitet suchend über meinen Bauch, raubt mir fast den Verstand.

»Nimm mich«, flüstert die Stimme, und im nächsten Moment spüre ich, wie der Schaft unbarmherzig in meine Vagina eindringt.

Eine Schmerzwelle breitet sich konzentrisch über meinen Körper aus, als mein Inneres gedehnt wird.

Ich ächze, kratze mit den Fingernägeln über die Rückseiten der Oberarme.

»Gottverdammt, bist du eng!«, stellt die Stimme fest. »Weißt du, dass du mich damit um den Verstand bringst?«

Der erigierte Penis wird zurückgezogen, um erneut kraftvoll in mich hineingestoßen zu werden. Noch einmal, zweimal, noch ein weiteres Mal, immer härter, immer tiefer.

Schmerz wandelt sich in Lust, Lust wandelt sich zu Pein und Pein wandelt sich zu endloser Euphorie, als das Glied in meiner Tiefe auf den G-Punkt stößt.

Doch er gibt nicht nach, stößt, hämmert, rammt schneller und heftiger.

Schweißtropfen treffen meinen Körper, langes Haar peitscht meine Haut, als er kurz vor dem Erreichen des Gipfels seinen Kopf herumschleudert.

Stoß um Stoß um Stoß raubt mir den Atem, die Schockwellen der Lust lassen meinen Körper erbeben.

»Jaaa!«, höre ich mich schreien, und mein Hirn zerbirst in einem regenbogenfarbenen Brillantfeuerwe—

»BRÖÖÖM! BRÖÖÖM! BRÖÖÖM!«

Das von einem Vibrieren untermalte Piepsen frisst sich in meinen Gehörgang, gräbt trotz größter Gegenwehr tiefer und tiefer, bis es mein Bewusstsein erreicht.

»BRÖÖÖM! BRÖÖÖM! BRÖÖÖM!«

Völlig orientierungslos fahre ich mir mit der Hand übers Gesicht, wälze mich auf der knarzenden Luftmatratze herum und öffne vorsichtig ein Auge.

»BRÖÖÖM! BRÖÖÖM! BRÖÖÖM!«

»...dammter Scheißwecker«, bringe ich nuschelnd heraus, befeuchte mit der Zungenspitze die ausgetrocknete Lippe und grapsche nach dem Handy, das auf dem Boden neben meinem Behelfsbett zur nächsten Folterrunde ansetzt. »... die Klappe, Scheißding!«, mache ich ihm klar, tapse unbeholfen auf dem Display herum, bis das beschissene Gerät verstummt.

Das kalte, winterliche Dämmerlicht tropft zu den Fenstern herein, und ich kneife die Augen zusammen.

Erschöpft rolle ich mich zurück auf den Rücken und lasse meinen Kopf mit einem Ächzen auf das Kissen sinken. Himmel! Was war das für ein ... verrückter, verrückter und viel zu realistischer Traum? Und ... war das wirklich Ronny, der mich da gefickt hat?

Ronny, der heute Abend zu seinem nächsten Termin kommt?

Himmel! Ich möchte sterben.

KAPITEL 16: ROCKET QUEEN
(GUNS N' ROSES)

»BRÖÖÖM! BRÖÖÖM! BRÖÖÖM!«
Verdammter Wecker! Noch im Halbschlaf verhaftet, rolle ich mich im Bett herum und grapsche mir das Handy vom Nachttisch. Sechs Uhr, lese ich vom Display ab und bin versucht, wahlweise das Gerät an die Wand zu werfen – oder mich zu ohrfeigen, weil ich den Alarm viel zu früh gestellt habe.

Aber dann fällt mir ein, was ich in meinem Smartphone gespeichert habe, und mit einem Grinsen entsperre ich das Gerät.

Völlig ohne mein Zutun öffnen meine Finger die App mit den Bildern, und im nächsten Augenblick sieht Schneewittchen mich an.

Also ... Annika.

War es übereilt, zu manipulativ, dass ich ihr und Finn Geschenke anlässlich meines Geburtstags gemacht habe?

Eigentlich hatte ich ihr den Schmuck erst zu Weihnachten überreichen wollen. Aber die Vorstellung, wie ich ihr damit mein Siegel aufpräge, sie gewissermaßen in Besitz nehme, hatte meine eh schon spärliche Geduld implodieren lassen.

Und die Duplos für ihren Sohn? Zwei Fliegen mit einer Klappe. Ich könnte behaupten, dass ich nur irgendetwas brauchte, um ihn abzulenken. Aber wenn ich ehrlich bin, gefiel es mir überhaupt nicht, dass Finn mit gebrauchten Sachen spielt. Er ist schließlich kein x-beliebiger Junge. Er ist ihr Sohn!

Annika. Ich lasse den Schnappschuss aus der *Rübezahlschänke* auf mich wirken und spüre, wie meine Morgenlatte sich schmerzhaft steigert. Die Vorstellung, wie der gerötete Schwung ihrer vollen Lippen sich um meinen Schwanz schließt, schießt mir fast den Verstand weg. Knurrend packe ich mein Glied, schiebe die Hand zur Schaftwurzel und genieße den Sinneseindruck, den das Abrollen der Vorhaut auf der empfindlichen Oberfläche meines freigelegten Pilzkopfs hinterlässt. Mit geschlossenen Augen pumpe ich ein paar Mal, ehe ich mir das Foto nochmals ansehe.

Ihr leicht zerzaustes Haar, das danach schreit, dass ich meine Hände darin vergrabe …

Ihre perfekt geformten Augenbrauen, die sich so oft zu einem nachdenklichen Stirnrunzeln zusammenschieben …

Ihre Augen, die mich wissend ansehen und scheinbar in der Lage sind, tief unter die Schutzschilde des Panzers zu blicken, den ich um mich errichtet habe …

Mit immer schneller werdenden Bewegungen befriedige ich mich selbst. Das Handy fällt mir aus der Hand, und vor meinen zugekniffenen Augen erwacht sie zum Leben.

Splitterfasernackt, nur spärlich bedeckt von ihrem langen, ebenholzfarbenen Haar, legt sie ihre Hände auf meine Brust und drängt mich rückwärts in die Kissen.

»Ich will dich, Ronny«, kommt aus ihrem herrlichen, blutroten Mund, und in einer fließenden Bewegung schwingt sie eines ihrer schneeweißen Beine über meine Hüfte. Rittlings über mir kniend, streichen ihre Hände über meine Brust, finden meine Brustwarzen und necken an den Kugeln der massiven Stäbe.

Das Gefühl schießt wie ein Blitz durch mein Nervensystem, schlägt gleichermaßen in meinem Hirn ein und in meinem Schwanz, der sich auf schmerzhafte Weise weiter reckt.

Mein Pilzkopf streicht über den schmalen Streifen Haar, der wie ein Leuchtfeuer auf ihren Eingang weist.

»Und du willst mich auch so sehr?« Ihre Frage klingt angesichts ihres selbstbewussten Lächelns eher wie eine Feststellung. Im nächsten Moment hebt sie ihren herrlich runden, festen Arsch, bringt sich über mir in Position – und lässt sich, meinen Schwanz mit ihrer feuchten Enge verschlingend, auf mich sinken.

Ich keuche, sie keucht, und ich packe mit beiden Händen ihre schmalen Hüften. Kraftvoll stemme ich sie hoch, ramme sie auf meinen harten Schaft.

Sie quiekt, windet sich voller Qual und Lust. Zahlt es mir heim, indem sie meine Piercings twistend verdreht.

Als ich zusammenzucke, dringt ein zufriedenes Lachen aus ihrer Kehle und jetzt ist sie es, die ihre feuchte, enge Pussy so heftig auf meinen Schwanz hämmert, dass mich Schweißtro—

»Ronny? Leif?« Ein dumpfes Poltern reißt mich aus meiner Fantasie. »Ronny! Ronny! Mach auf, verdammt!«

»Gottverdammte Scheiße!«, grummele ich und wickele mir die Bettdecke um die Hüfte, damit man den Mörder-Ständer nicht sieht, den ich immer noch habe. »Was ist denn los?«, rufe ich, ehe ich zur Tür gehe, um aufzuschließen.

»Das wollte ich dich fragen«, schnarrt Lars. Er späht mit einem argwöhnischen Blick an mir vorbei. »Ich hätte gerade tausend Eide geschworen, dass du hier drin grad eine Puppe vernaschst.«

»Der Lauscher an der Wand hielt wohl den eigenen Schwanz in der Hand?«, raune ich ihm eine verdrehte Version des uralten Sprichworts zu, ehe ich ihn mit einer unwirschen Kopfbewegung reinbitte. »Was zur Hölle ist los?« Ich gehe rüber zum Bett, klaube das Handy aus den verräterisch dampfenden Falten des Spannbetttuchs. »Es ist erst kurz vor sieben! Wieso wirfst du mich aus dem Bett, als stünde ein SEK vor der Tür?«

»Gut, es ist nicht das SEK«, erklärt Lars. »Aber deren Kollegen in Zivil sind hier aufgaloppiert, weil heute Nacht nur dank eines aufmerksamen Zeitungsausträgers ein brennender Müllsack auf dem Gehweg vor dem *Geißenstall* gelöscht werden konnte«

Die neue Bar im Clubeigentum, die wir erst vor zwei Monaten eröffnet haben, befindet sich in bester Lage. Ich runzele die Stirn. Dass dort ein Müllsack herumliegt, kann ich mir nicht vorstellen. Aber darauf kann ich immer noch später zurückkommen. »Du sagst: gelöscht. Sind denn solch große Schäden entstanden, dass die Bullen hier antraben und du mich aus dem Bett jagst?«

»Sie bestehen darauf, mit Herrn Reinhardt persönlich zu sprechen, bevor sie alle Mitglieder befragen.« Lars zuckt mit den Schultern. »Ich hab' schon eine Vollversammlung einberufen. Die letzten *Huskarls* und *Knapis* werden wohl grad eben eintrudeln.«

»Was?« Ich traue meinen Ohren nicht. Die Schreckschraube von der Kripo will neben den Vollmitgliedern auch noch die Anwärter verhören?

»Wenn du die neue leitende Ermittlerin erlebt hättest, du hättest nicht anders gehandelt. Die ist dermaßen drauf …« Er schnaubt und verdreht die Augen. »Sie hat gemeint, wenn du nicht kooperierst, ist sie in zwanzig Minuten mit einem Durchsuchungsbeschluss zurück. Und Jenssen … Du weißt, der Kripo-Mann, der im *Töchterinternat* unser Stammkunde ist … Dieser Jenssen hat hinter ihrem Rücken pantomimisch dargestellt, dass die Tussi das ernsthaft umsetzen wird.«

»Gottverdammter Scheißdreck!« Ich werfe die Decke von mir, denn Lars hat mich schon oft genug nackt gesehen und meine Latte ist angesichts seines Vortrags auch längst verschwunden. Dann reiße ich eine Schublade auf und steige in eine Unterhose. »Warum sagst du das nicht gleich?«

»Herr Reinhardt?« Eine Blondine mit der Ausstrahlung eines Eisbergs auf Kollisionskurs wartet im Büro auf mich. Sie sieht mich mit hochgezogener Augenbraue an. »Kriminalhauptkommissarin Hasenfratz«, stellt sie sich vor, nachdem ich bestätigend genickt habe. »Das ist Kriminaloberkommissar Jenssen.«

Jenssen, der hinter ihr mit der Wand zu verschmelzen versucht, hebt grüßend die Hand und verzieht das Gesicht zu einer Grimasse, die zeigt, wie unangenehm ihm seine neue Chefin ist.

Ich nicke erneut, denn ohne den Anwalt der *Sons* sage ich nie etwas zur Polizei.

»Wie Ihnen von Ihrem Herrn Köttel …« Sie sieht zu Lars. »… sicher bereits mitgeteilt wurde, gab es einen Brand auf dem Bürgersteig vor Ihrem erst vor kurzem eröffneten *Geißenstall*. Würden Sie uns bitte sagen, wo Sie und Ihre …« Ihr Mund verzieht sich höhnisch. »… Mitarbeiter heute Nacht um 3:42 Uhr waren? Und, wenn Sie schon dabei sind: Können wir bitte die Versicherungsunterlagen für das Lokal einsehen?«

Die Polizei geht davon aus, dass wir Versicherungsbetrug durch Brandstiftung begehen wollten? Ich weiß nicht, was mich mehr verärgert: Dass sie glauben, wir würden uns auf dieses erbärmliche Niveau herablassen – oder dass sie es für möglich halten, dass einem *Son* eine Brandstiftung misslingt. Nachdrücklich hole ich meinen Geldbeutel aus der Arschtasche und fische meinen Perso raus. »Mein Name ist Ronny Reinhardt, meine Daten können Sie hier abschreiben. Für alles Weitere steht Ihnen mein Anwalt Dr. Ungemach Rede und Antwort.« Seine Karte klatsche ich neben dem Ausweis auf die Tischplatte.

»Aber das … Ich …« Die Kommissarin wird vom Läuten ihres Handys unterbrochen. »Tschulligung«, nuschelt sie, nimmt an und hält sich das Gerät ans Ohr. »Hasenfratz. Ja. Nein. Bin ich. Und jetzt ist *was*?« Mit großen Augen starrt sie auf mich und Lars. »Nein, sind beide hier.« Sie dreht sich zu Jenssen um. »Und der Rest des Motorclubs …?«

»Alle anwesend«, flüstert unser Stammkunde.

»… kann es also auch nicht gewesen sein«, schlussfolgert die blonde Eiskönigin und in ihrer kühlen Maske klaffen plötzlich Risse auf.

»Was ist los?«, zische ich Lars zu, der mit fahrigen Fingern Nachrichten checkt, die im Zehntelsekundentakt auf seinem Handy eingehen.

»Der *Sauhaufen*.« Lars verzieht das Gesicht. »Auf der Straße vor der Kneipe wurde soeben ganz und gar zufälligerweise ein weiterer Brandsatz gezündet. Der Pächter schreibt, dass dabei ein vor dem *Sauhaufen* geparktes Auto in die Luft flog.« Er wischt zur nächsten Nachricht. »Die Druckwelle hat wohl sämtliche Fenster an unserem Gebäude eingedrückt. Und die Nachbarhäuser wurden auch ziemlich stark beschädigt.«

KAPITEL 17: IT'S NOT RIGHT BUT IT'S OKAY
(MR. BELT & WEZOL)

»Das wären dann 95 Euro für die Gesichtsepilation, 45 Euro für das Zupfen der Augenbrauen, 130 Euro für die Pflegeprodukte und 25 Euro für das dezente Tages-Makeup.« Im Kopf addiere ich die Beträge zusammen. »Macht 295 Euro, Frau Müller-Luckow«, erkläre ich der letzten Kundin des Tages. Nun, eigentlich der vorletzten, aber irgendwie widerstrebt es mir, Ronny als Kunden zu bezeichnen.

›Als was würdest du ihn denn lieber titulieren?‹, ätzt die spitze Stimme in meinem Kopf. ›Als deinen Lover?‹

Bevor ich meinem Gedankengespenst mental über den Mund fahren kann, hat Frau Müller-Luckow drei grüne und einen orange-braunen Geldschein aus ihrem Portemonnaie geholt.

»Stimmt so, Annika«, sagt sie und mein Herz macht einen kleinen Hüpfer angesichts des großzügigen Trinkgelds.

Ich will mich gerade angemessen bedanken, als die automatische Türklingel ertönt, die ich mir erst neulich gegönnt habe. Auf der Kasse spähe ich nach der Uhrzeit. Zehn vor sieben. Ist Ronny zu früh?

»Lieferung für … äh … Sebhold?«, lässt sich eine ziemlich junge Männerstimme vernehmen.

»Entschuldigen Sie bitte«, wende ich mich an meine Kundin, während ich die Scheine in die Kasse ordne. »Ich bin gleich wieder für Sie da.« Dann gehe ich um den Raumteiler herum zum Eingangsbereich. »Seybold«, korrigiere ich den Kerl, der kaum älter aussieht als siebzehn, und stutze über sein Outfit. Ein Pizzabote?

Er schiebt das Baseballkap mit dem eingestickten Namen *Bella Napoli* aus der Stirn und kratzt sich seine hellbraune Tolle. »Ja, stimmt. Seybold. Meine Schwester hat eine Sauklaue.«

Ich unterdrücke ein Schmunzeln, denn normalerweise haben die doch Jungs. Dann hebe ich abwehrend die Hände, in die er mir schon zwei aufeinandergestapelte Pizzakartons, gekrönt von zwei mit Alufolie abgedeckten Pappschüsseln, drücken will. »Halt, halt! Ich habe nichts bestellt!«

»Keine Ahnung.« Er zieht einen Mundwinkel hoch und hält mir einen Zettel hin. »Hier steht, dass ich die extra große Pizza mit Waldpilzen und Wildschweinsalami, die kleine Pizza Prosciutto und die zwei gemischten Salate an Frau Seybold im Kosmetikstudio *Annika's Beautycorner* liefern soll. Und dass es bereits bezahlt ist.«

»Mhm.« Ob Ronny dahintersteckt? Da ich ganz sicher bin, dass Elif die Bestellung nicht aufgegeben hat und ich sonst niemanden in der Stadt gut genug kenne, muss das wohl so sein. Obwohl es mich irritiert, dass der Bote nur zwei Pizzen bri—

»Also ich drängle ungern, aber es wär' echt nett, wenn Sie mir die jetzt abnehmen«, bringt der Kerl sich in Erinnerung. »Ich habe die ganze Thermobox voll mit Pizzen und draußen ist arschkalt.«

»Ähm, ja«, stottere ich herum und nehme ihm seine Last ab. »Danke. Wegen Trinkgeld müss—«

»Alles schon beglichen.« Schon halb zur Tür hinaus, grinst er mich an. »Ihr Mann war mehr als großzügig!«

»Ihr Mann?« Frau Müller-Luckow, der entweder das Warten vor der Theke zu langweilig wurde oder die – was ich eher vermute – krankhaft neugierig ist, kommt beschwingt heran. »Dann ist der …« Sie verzieht den Mund auf der Suche nach einem passenden Wort. »… Motorradfahrer also doch Ihr Mann?«

Der Motorradfahrer? Eine treffendere und zugleich unpassendere Bezeichnung für Ronny ist ihr anscheinend nicht eingefallen.

»Na ja, Sie wissen schon.« Sie zwinkert mir zu. »Der Papa von Ihrem süßen Knopf. Wie heißt er gleich?«

»Finn«, krächze ich und beiße mir im nächsten Moment auf die Zunge, denn meine Antwort klingt wie eine Bestätigung für ihren falschen Verdacht.

»So ein hübscher Name für so einen hübschen Jungen!«, lobt sie. »Und ganz unter uns gesagt, …« Sie zieht eine verschwörerische Miene. »… kann Ihr Mann seine Vaterschaft auch nicht leugnen. Der Kleine ist ihm wie aus dem Gesicht geschnitten!«

Himmel! Mehr daneben liegen kann sie wohl kaum.

»Frau Hindemitt, Frau Kannengießer und Frau Schickedanz haben mir sofort zugestimmt, als ich meine Vermutung aussprach«, informiert mich Frau Müller-Luckow über Dinge, die ich nie erfahren wollte.

Ich zwinge mir ein Lächeln auf die Lippen, weil ich nicht weiß, was ich sagen soll.

»Also dann, bis in drei Wochen, Frau Annika!« Frau Müller-Luckow fasst mich ums Handgelenk und drückt es leicht.

»Bis in drei Wochen«, antworte ich lahm. »Und einen schönen Abend.«

Dann fällt auch schon die Tür hinter ihr ins Schloss.

Uff. Was war das? Doch bevor ich nachdenken, geschweige denn die Essenslieferung nach hinten bringen kann, klingelt mein Telefon und ich renne zur Theke, wo ich es liegen gelassen habe.

ANRUF VON: R. REINHARDT, steht auf dem Display, also platziere ich die Kartons neben der Kasse und entsperre das Handy, während ich es in die Hand nehme.

»Was ist los?«, frage ich, ohne lange zu fackeln. Schließlich weiß ich, dass er dran ist, und er hat meine Nummer gewählt.

»Hallo Annika.« Er räuspert sich, und das bringt mich zur Besinnung.

Wenn ich ihm jetzt Vorhaltungen mache wegen der Pizza-Lieferung und weil er sich – inzwischen ist es Viertel Acht – verspätet, denkt er am Ende noch, ich wäre scharf auf ihn.

›Ach, bist du das etwa nicht?‹, lässt sich die neunmalkluge Stimme in meinem Kopf verlauten, und ich unterdrücke einen Fluch.

»Hallo Ronny«, sage ich stattdessen so neutral und freundlich, als würde ich mit dem Rentner sprechen, der gegenüber wohnt, und Finn immer seinen altersschwachen Dackel streicheln lässt.

»Ich …« Ronny atmet hörbar. »Sind die Pizzen schon gekommen?«

»Ja«, antworte ich so knapp wie möglich.

»Gut.« Er ächzt, nuschelt dann irgendetwas, das sich wie »… aber auch das Einzige, was heute gut ist …« anhört. Dann seufzt er. »Hör zu, Annika: Ich komme heute nicht.«

»Soweit hab' ich mir das auch schon zusammengereimt«, platzt mir heraus, und ich beiße mir dafür umgehend auf die Zunge.

»Mach mal den Deckel von der kleinen Pizza auf«, weist er mich an, ohne auf meinen Zwischenruf einzugehen. »Da sollte ein Umschlag drin sein.«

Ich traue meinen Ohren nicht. Was für ein Spiel will er jetzt mit mir treiben?

»Ist der da?«, hakt Ronny nach, und seufzend klemme ich mir das Handy zwischen Schulter und Ohr.

»Moment.« Ich stelle die Salatschalen beiseite und klappe den Karton auf. »Ja.«

»Gut, mach auf.«

Sind wir jetzt an dem Punkt angelangt, dass der Herr mir Anweisungen gibt, die ich ohne Widerrede befolge? Verärgert über mich selbst schnappe ich mir das braune Kuvert in DIN A5-Größe von dem Stück Alufolie, mit der jemand die Pizza abgedeckt hat, reiße es auf und taste nach dem Inhalt. »Hunderteuroscheine?« Völlig verdattert befühle ich das Bündel mit meinen Fingern. »Wie viele sind das? Zehn?«

»Mhm«, dringt Ronnys zustimmendes Grunzen aus dem Telefon. »Das sollte fürs Erste reichen. Ich … Es …« Erneut ist sein tiefes Atemholen zu hören. »Du weißt, ich habe nie mit dir über das Geschäft gesprochen, …«

›Nein, das hat er seinen sogenannten Mitarbeitern überlassen‹, bemerkt die Stimme in meinem Kopf, und beim Gedanken an das beängstigende und Übelkeit erregende Video, das sie mir gezeigt haben, muss ich ihr leider zustimmen.

»… aber es haben sich Entwicklungen ergeben, …«, spricht Ronny weiter. »… die nicht nur meine volle Aufmerksamkeit erfordern, sondern auch …« Er macht eine Pause. »Ich sollte mich die nächsten Wochen nicht bei dir blicken lassen. Nicht, dass noch irgendjemand auf die schräge Idee kommt, Finn wäre mein Sohn.«

Ach, das fällt dem Herrn aber früh ein! Ist ja nicht so, dass Frau Müller-Luckow mir vorhin eröffnet hat, dass sie, Frau Hindemitt, Frau Kannengießer und Frau Schickedanz genau diese – falsche – Schlussfolgerung schon längst gezogen haben!

»Pass auf dich auf, Annika«, redet Ronny weiter. »Knuddel’ Finn von mir.« Er lacht. »Gottverdammt, ich … Ich hab’ den kleinen Kerl wirklich liebgewonnen. Und dich …«

Himmel! Ich halte den Atem an. Wenn er mir jetzt eine Liebeserklärung macht, schreie ich!

»Ich mag dich, Annika. Ich mag dich wirklich. Also: Pass auf dich auf, ja?«

Was, glaubt er, mache ich schon seit ich denken kann? »Ja«, bringe ich einsilbig heraus.

»Also dann …« Im Hintergrund sind herannahende Schritte zu hören, Stimmengewirr brandet auf. »Ich melde mich, sobald es die Situation zulässt.« Dann ist der Anruf beendet.

Wie paralysiert starre ich vom Handy in der einen zum Bündel Geldscheine in meiner anderen Hand. Himmel! Was war das?

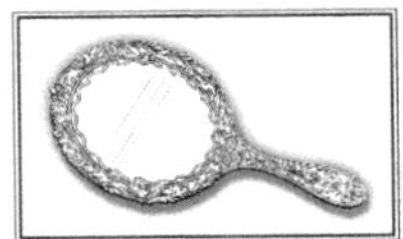

KAPITEL 18: NUMB
(ELDERBROOK)

Vier Wochen später fragt Finn nur noch ein- bis zweimal die Woche nach Ronny – und nicht fünfzehnmal pro Stunde wie zu Beginn.

Das ist solch eine Erleichterung! Aber auch ich habe mich überraschend gut an die Zeit ohne Ronny gewöhnt.

›Lüg doch nicht‹, höhnt die sarkastische Stimme in meinem Kopf. ›Du zerfließt vor Liebeskummer. Weil ein Krimineller dich nicht mehr besucht!‹

›Ich bin nicht in ihn verliebt!‹, stelle ich klar. Himmel! Als ob ich das zulassen würde!

›Vielleicht nicht verliebt‹, räumt die gehässige Stimme scheinbar kompromissbereit ein. ›Aber vernarrt, verschossen und zudem noch verknallt. Und zwar bis über beide Ohren. Vergiss nicht, dass ich gezwungen bin, Zeugin deiner ebenso heißen wie feuchten Träume zu sein.‹

Hitze steigt mir in die Wangen beim Gedanken an vorletzte Nacht und daran was ein – völlig fiktiver – Ronny-Klon da im Traum mit mir gemacht hat.

»… sind wirklich eine Künstlerin«, ruft mich die Stimme meiner Kundin zurück ins Hier und Jetzt. »Diese Entspannungsmaske ist genau das, was ich gegen den Stress vor den Weihnachtsfeiertagen gebraucht habe.«

»Das freut mich, dass mein Geheimrezept bei Ihnen so gut wirkt, Frau Hindemitt«, antworte ich mit meiner professionellen Stimmlage und beginne, die Quark-Honig-Heilerde-Mischung, die ich mit ein paar Tropfen Lavendelöl versetzt habe, mit feuchten Tüchern von ihrem Gesicht zu entfernen. »Hoffentlich können Sie die Festtage dann genießen und sich ein paar Momente der Auszeit gönnen.«

»Ach, Sie sind doch ein echtes Schätzchen, Annika!« Frau Hindemitt richtet sich auf mein Zeichen hin auf und betrachtet sich in dem Handspiegel, den ich ihr reiche. »Absolut tiefenentspannt sehe ich aus! Und nicht so, als ob ich meinen

Mann noch losschicken müsste, um einen Weihnachtsbaum zu besorgen. Der drückt sich nämlich immer bis zum allerletzten Moment davor. Dabei übernehme ich doch alle anderen Einkäufe!« Plappernd folgt sie mir zum Tresen, wo ich die Beträge in die Kasse tippe. »Eine Gans direkt vom Bauern, seinen Lieblingsbordeaux von *Arnaud's Weinhandel* und die italienischen Käsespezialitäten von *Feinkost Butterweck*. Herrje! Ich weiß gar nicht, wie ich das alles schaffen soll. Und dann noch die veganen, alkoholfreien und biologisch-dynamischen Alternativen für sein Töchterlein, deren Freund und natürlich meine Schwiegereltern.«

»Sie werden das schaffen«, behaupte ich mit einem überzeugenden Lächeln auf dem Gesicht. »Macht 48 Euro, Frau Hindemitt.«

»Stimmt so.« Sie überreicht mir einen Fünfzigeuroschein mit einer derart herablassenden Geste, als ob das enthaltene Trinkgeld fürstlich wäre. »Aber was plaudere ich nur von mir … Wie verbringen Sie denn Weihnachten mit Ihrer kleinen Familie? Ach, ich wette, Ihr Mann ist im Gegensatz zu meinem eine wahre Hilfe. Bestimmt hat er schon längst den Baum besorgt und wird ihn zusammen mit Ihrem entzückenden Sohn schmücken, während die Mama sich in aller Ruhe um den Weihnachtsbraten kümmern kann.«

Himmel! Wie viel Fantasie hat diese Frau? In ihrer Freizeit sollte sie Drehbücher zu kitschigen Vorabendserien verfassen, aber sich bitte nicht an meinem Privatleben austoben! »An Heiligabend wird es Königinnen-Pastetchen geben mit Ragout Fin«, antworte ich ausweichend. Die Blätterteig-Förmchen und die Fertiggericht-Dose für dieses ganz und gar nicht traditionelle Weihnachtsessen habe ich schon besorgt, denn im Gegensatz zu Mechthild kann ich nur Spaghetti und schnelle Soßen kochen.

»Wie originell! Haben Sie dafür ein Spezialrezept? Stammt das von Ihrer Mutter oder der Ihres Mannes? Das Rezept müssen Sie …« Vom Klang der Türglocke unterbrochen dreht sie sich um. »Hach, wenn man vom Teufel spricht …« Giggelnd presst sie ihre Handtasche vor die Brust und macht mit zwei

Fingern eine ›Reißverschluss‹-Geste vor ihren Lippen. »Ich hab’ nichts gesagt. Natürlich sieht Ihr Mann nur …« Sie hebt vielsagend ihre Augenbrauen. »… auf so teuflische Art und Weise Angst einflößend aus. Ich bin mir ganz sicher, tief drinnen hat er ein Herz aus Gold. Aber was rede ich! Jetzt sollte ich wirklich machen, dass ich wegkomme! Adieu, meine Liebe! Und frohe Weihnachten zusammen!«

Ronny stapft grußlos vorbei, während Frau Hindemitt hinaus stöckelt.

Über den Tresen gebeugt, sehe ich ihm hinterher, wie er die Tür zum Personalraum aufreißt.

»Finn?«, bellt er. »Finn? Wo bist du?«

Bevor die spitzzüngige Stimme in meinem Kopf Luft für eine Bemerkung holen kann, gebiete ich ihr zu schweigen und ordne die Fünfzigeuroscheine aus dem Kassenfach in überkorrekter Weise. ›Hallo Annika‹, stelle ich mir seine Stimme vor. ›Wie geht es dir? Lange nicht gese—‹

»Wo ist Finn?«, herrscht Ronny mich an, der sich inzwischen vor meiner Theke aufgebaut hat.

»Das hat dich die letzten vier Wochen auch nicht interessiert«, rutscht mir raus und ich könnte mich umgehend dafür ohrfeigen.

»Mach keine Zicken, Annika.« Ronny sieht mich mit einer Härte im Blick an, die ich noch nie an ihm gesehen habe. »Antworte. Wo ist Finn?«

Wütend stopfe ich das dünne Bündel Geldscheine in ihr Fach und stoße die Schublade mit aller Kraft in die Kasse. »Unterwegs mit Elif und Gözde.«

»Wo.« Er stützt sich mit beiden Händen auf die Theke, sodass sie unter seinem Gewicht leicht kippt. »Ich fragte: Wo ist er?«

Himmel! Was ist in ihn gefahren? Gänsehaut rinnt mir unwillkürlich über den Rücken hinab, weil seine sonst so warm leuchtenden Augen mich fast sezieren. »Weiß nicht«, bringe ich wortkarg heraus und zucke die Achseln, während mein Magen sich zu einem scharfkantigen Stein verwandelt.

»Was soll ›Weiß nicht‹ heißen?« Ronny lässt die zur Faust geballte Rechte auf die Platte der Theke donnern. »Willst du mir sagen, du weißt nicht, wo sich dein zweijähriger Sohn befindet?«

»Meine Güte, du tust ja gerade so, als ob Elif eine Kriminelle wäre!« Ich schüttele den Kopf. »Sie hat mich gebeten, ihm einen Schneeanzug anzuziehen. Sagte was davon, dass sie mit Gözde und ihm Schlittenfahren will.«

»Wo.« Ronny schiebt den Kopf vor wie ein Bulle, der einen Stierkämpfer aufspießen will. »Gottverdammt, Annika! Wo?«

Der Steinklumpen in meinem Bauch verwandelt sich in schaumige, Blasen schlagende Galle, die mir den Hals hinaufsteigt.

Ich schlucke den üblen Geschmack runter. »Wahrscheinlich im verwilderten Park der abbruchreifen Fabrikantenvilla. Dort haben wir am Montag einen tollen Rodelhang entdeckt. Aber … Warum willst du das wi—?«

»Still«, sagt Ronny. Er hebt seine Hand, mit der anderen entsperrt er sein Handy und wählt. »Scheyrer-Villa, Park«, spricht er ins Telefon. »Wir treffen uns dort.« Mit dem Daumen beendet er das Gespräch, sieht mich dann auffordernd an. »Wo ist dein Handy? Du wirst die Nummer dieser Elif doch haben, oder? Ruf sie an.«

»Was soll das eigentlich, Ronny?« Obwohl ich es nicht will, befolge ich seine Anweisungen. »Fast einen Monat lang tust du so, als ob ich und Finn Luft für dich wären, und kaum tauchst du auf, dann …«

Das Tuten wird durch den Ansagetext von Elifs Mailbox ersetzt.

»Sie geht nicht ran«, informiere ich Ronny. »Was soll ich ihr aufs Band spre—?«

»Nichts«, sagt Ronny, schnappt sich mein Telefon und beendet den Anruf.

»Hallo?« Wütend versuche ich, es an mich zu nehmen, aber er steckt es in die Innentasche seiner ärmellosen Lederweste. Die mit den dämlichen MC-Patches darauf. Die eigentlich wie tausend rote Ampeln auf mich hätten wirken müssen. Eigentlich. »Was soll das?«

»Zieh dir was drüber«, kommandiert er. »Jacke, Schal, Winterstiefel. Mütze. Handschuhe. Wir gehen.«

»Was soll das heißen: Wir gehen?« Ich schüttele den Kopf und zeige zur Tür. »In zehn Minuten kommt meine nächste Kundin!«

»Ich bin sicher, du hast ein ›Geschlossen‹-Schild für die Tür«, sagt Ronny. »Los jetzt. Keine Zeit für …«

Der Ping-Laut seines Handys, der anscheinend eine Nachricht ankündigt, unterbricht ihn.

Er entsperrt es, wischt über das Display und erstarrt.

»Was ist los?«, frage ich bang, nachdem er fünf Atemzüge lang nichts gesagt hat.

»Gottverdammte Scheiße«, bringt er zwischen zusammengebissenen Zähnen hervor. »Sie haben ihn.«

»Sie?« Ich verstehe gar nichts mehr. »Ihn?« Fassungslos sehe ich zu, wie Ronny meine Winterjacke vom Garderobenständer greift und sie mir zuwirft. »Wer hat wen?«

Wortlos stapft Ronny zum Eingang, atemlos hetze ich hinter ihm her.

»Wer hat wen, Ronny?«, verlange ich zu wissen. »Geht es um Finn?«

Schweigend geht er vor dem ebenso dekorativen wie nutzlosen Kofferstapel in die Knie, den er vor Wochen, was sag' ich, vor Monaten angeschleppt hat. Er nimmt den obersten Koffer runter, schließt die Schlösser des zweiten auf und holt …

»Ist das ein Maschinengewehr?«, höre ich meine Stimme krächzen.

»Eine Uzi«, klärt Ronny mich im Aufstehen auf und verdreht die Augen. »Ein Maschinengewehr würde wohl kaum in den Koffer passen.« Dann packt er mich am Ellenbogen und zieht mich mit sich zur Tür. »Komm jetzt.«

»Aber … Wohin?« Von ihm herumgeschubst, -geschoben und -gezogen wie eine Puppe, finde ich mich auf dem Bürgersteig vor meiner Eingangstür wieder und beobachte fassungslos, wie er einen Schlüsselbund aus seiner Hosentasche holt und abschließt. »Seit wann hast du einen Schlüssel?«, will ich wissen, aber er zerrt mich wortlos zu seinem Pick-up. »Und weshalb war ein Gewehr in dem Koffer versteckt?«

Er öffnet die Beifahrertür und zwingt mich mit einem harten Griff am Ellenbogen zum Einsteigen. »Genau für diesen Fall«, erklärt er mir, und ich verstehe überhaupt nichts. »Obwohl ich gehofft habe, dass er nie eintritt.« Er sieht mich durchdringend an, schlägt dann die Autotür zu und läuft um die Motorhaube herum.

»Für was für einen Fall?«, frage ich behutsam, während er den Motor startet und den Pick-up rückwärts auf die Straße setzt.

Sein tiefes Atmen ist alles, was zu hören ist, abgesehen vom dumpfen Dröhnen des Motors. Er dreht den Kopf und sieht mich mit seinen Herzkirschenaugen durchdringend an. »Für den Fall, dass du oder Finn ins Fadenkreuz der Konkurrenz geraten.« Als er Gas gibt, werde ich tief in die Polster gedrückt. »Die *Marrueca*-Mafia hat Finn entführt.«

ENDE TEIL 1

WEITERLESEN?

TEIL 2 »VERWORREN« GIBT ES IM BUCHHANDEL!

Lieber Leser!

Liebe Leserin!

Hat dir der Auftakt der Geschichte von Annika und Ronny gefallen?

So gut, dass du nicht genug von den beiden bekommen kannst?

Dann folge meiner Amazon-Autorenseite!

Dort erhältst du Infos zur Veröffentlichung des zweiten Teils!

… hat dir der Schreibstil von ›Verloren: Schneewittchen und das MC Biest‹ gefallen?

Hast du Lust auf mehr Gegensätze-ziehen-sich-an-Romance oder gar Appetit auf einen Protagonisten mit dunkler Vergangenheit, frisch importiert aus der Wikingerzeit?

Dann lade ich dich herzlich ein, meine anderen Veröffentlichungen anzusehen!

LYKKA ROMANCE ZEITGENÖSSISCH

… erschienen unter dem Pseudonym Katlyn S. Coen

KATLYN S. COEN: STÜRMER MIT SUPERZAHL

Das herausforderungsreiche
Leben einer alleinerziehenden
Mutter in Geldsorgen kol-
lidiert ausgerechnet mit
dem eines auf Statussymbole
bedachten Fußballstars.

Während sie von ihm
furchtbar genervt ist, glaubt
der erfolgreiche Kicker, in ihr
die Frau seines Lebens gefunden zu haben.

In sich abgeschlossen!

KATLYN S. COEN: TATTOOED SWEETNESS

Der Auftrag, für einen stark
tätowierten Tätowierer einen
Businessplan auszuarbeiten,
bringt die Gefühle einer jungen Wirtschaftsberaterin
durcheinander.

Doch wie die gegensätz-
lich geladenen Pole eines
Magneten ziehen die beiden
einander an und das Leben tut
das seine dazu.

In sich abgeschlossen!

Mitten im Lockdown lässt eine sehr regelkonforme Studentin sich ein Piercing stechen.

Als sie danach ihn Ohnmacht fällt, eilt ihr ausgerechnet einer dieser unbelehrbaren *Coronaleugner* zu Hilfe.

Und zu allem Überfluss ist er auch noch sexy wie Hölle.

In sich abgeschlossen!

LYKKA ROMANCE MEETS ZEITREISE

… erschienen unter dem Pseudonym Kátla Mortensen

KÁTLA MORTENSEN: EIN WIKINGER IM JETZT

Nachdem Charlotte ihren Freund ausgerechnet beim Ausüben seines Reenactment-Hobbys in flagranti ertappt hat, will sie nie mehr was mit Wikingern zu tun haben.

Aber dann fällt ihr ein Kämpfer in A+-Ausstattung vors Auto.

… und in ihr Leben?

Fünfbändiges Serial. Abgeschlossen!

LYKKA ROMANCE MEETS WIKINGERZEIT

… erschienen unter dem Pseudonym Kátla Mortensen

KÁTLA MORTENSEN: DIE MAURIN UND DER WIKINGER

Als dunkelhäutige Magd muss Foy die sexuellen Avancen des Wormser Gauvogts über sich ergehen lassen.

Die einzigen Momente, wenn sie sich lebendig fühlt, ist, wenn sie das Lager mit einem Fremden teilt, den sie ausgewählt hat.

Der Däne, den sie auf dem Ostermarkt trifft, scheint perfekt geeignet zu sein.

Vierbändiges Serial. Abgeschlossen!

KÁTLA MORTENSEN: DIE LIEBE DES WIKINGERS

Um den jungen Mann zu beeindrucken, in den sie sich verliebt hat, sucht die Tochter eines Bernsteinhändlers einen Lehrmeister – im Bett.

Als ihre Wahl ausgerechnet auf einen Schiffsbauer fällt, der den Frauen abgeschworen hat, sind Komplikationen vorprogrammiert.

Eigenständig lesbar. In sich abgeschlossen!

KÁTLA MORTENSEN: DER RAUBZUG DES WIKINGERS

Ihrem gewalttätigen Ehemann ausgeliefert, sucht eine fränkische Edle ein wenig Vergnügen auf dem Wormser Ostermarkt.

Dabei kollidiert sie mit einem ebenso mysteriösen wie anziehenden, aber leider auch unverschämten Edelmann.

Wer ist er wirklich?

Serial.

Weitere Bände in Vorbereitung!

KÁTLA MORTENSEN: DIE SCHILDMAID DES WIKINGERS

Die illegitime Tochter eines Edelmanns und seiner dänischen Sklavin begleitet als Ehrenjungfer die Tochter des Herzogs von Cornwall nach Flandern, wo die Heirat den Pakt gegen die Wikinger besiegeln soll.

Als das Schiff im Sturm kentert, beeindruckt sie den Vetter der herzoglichen Braut, der um ihre Hand anhält.

Doch als sie endlich Station in Köln machen, ist die Gefahr keineswegs gebannt.

Serial.

Weitere Bände in Vorbereitung!

DANKSAGUNG

Ich danke meinem meinem Ehemann und unseren Kindern,
 meiner Lektoratselfe Conny,
 meinen Korrektoratsfeen Siglinde und Cornelia
 meinen Testlesern J. J., Susie und Christina.

Ich danke unserem Ait für wundervolle 15 1/2 Jahre voller
Liebe und Freude. Du wirst immer in unseren Herzen bleiben.

Und ich danke all Jenen, die sich in dunklen Zeiten dafür ent-
schieden haben, menschlich zu bleiben, indem sie andere
Menschen als das wahrnehmen, was sie sind: als Menschen.